戈壁·女人和眼泪

陈国兵　著

四川大学出版社
SICHUAN UNIVERSITY PRESS

图书在版编目（CIP）数据

戈壁·女人和眼泪 / 陈国兵著 . — 2 版 . — 成都 ：
四川大学出版社，2024.3
ISBN 978-7-5690-6643-2

Ⅰ．①戈⋯ Ⅱ．①陈⋯ Ⅲ．①纪实文学－中国－当代
Ⅳ．① I25

中国国家版本馆 CIP 数据核字（2024）第 029784 号

书　　名：戈壁·女人和眼泪
　　　　　Gebi·Nüren he Yanlei
著　　者：陈国兵
- -
选题策划：孙明丽
责任编辑：孙明丽
责任校对：吴连英
装帧设计：裴菊红
责任印制：王　炜
- -
出版发行：四川大学出版社有限责任公司
　　　　　地址：成都市一环路南一段 24 号（610065）
　　　　　电话：（028）85408311（发行部）、85400276（总编室）
　　　　　电子邮箱：scupress@vip.163.com
　　　　　网址：https://press.scu.edu.cn
印前制作：四川胜翔数码印务设计有限公司
印刷装订：成都金龙印务有限责任公司
- -
成品尺寸：148 mm×210 mm
印　　张：7
字　　数：167 千字
- -
版　　次：2021 年 5 月　第 1 版
　　　　　2024 年 3 月　第 2 版
印　　次：2024 年 3 月　第 1 次印刷
定　　价：58.00 元
- -
本社图书如有印装质量问题，请联系发行部调换

扫码获取数字资源

四川大学出版社
微信公众号

编辑寄语

世间是否存在一份感动与欢喜，是眼前遍布高级会所、香槟盛宴的繁华都市给不了的。

也许你攀越过高峰，也畅游过海洋，在高空自由穿梭过，也已经见识过万千世界的部分奇妙。但是，你还欠一个戈壁徒步。

有人说："人这一生，一定要去一次敦煌戈壁。看莫高窟的信仰，看月牙泉水的顽强，看玉门关的春风不度，看曾经的盛唐……"

而去戈壁徒步的理由更让人心动：

"敦，大也。煌，盛也。"古人以盛大辉煌来形容这里的繁荣昌盛。

一千多年前，玄奘法师一人一马，历经生死考验，跋涉敦煌等地的戈壁荒滩，最终求得佛法。

如今，这条古商道焕发出新的魅力，走上这条充满历史感与传奇色彩的道路，必然发生新的故事。

一路徒步，一路相识。在戈壁的你将会遇到来自各行各业志同道合的朋友，分享经验，交流人生心得。

漫漫戈壁征程，探索不一样的未来，铸就不一样的余生。与同伴一起交流对自然、生活、工作和发展的感受。朝着共同的方向前行，感动一路扶持的情谊，历经风雨后，用拥抱给予同伴一份感恩之心，平生知己者，屈指有几人？

没有走过这条路，就看不到其中的风景，没有携手走过终点，就识不出相依相伴的友情。

这是一部关于戈壁徒步的纪实文学作品。作者采访了数位曾经徒步过戈壁的女士，聆听了她们的故事，记录了她们在徒步过程中所经历的事情和她们的心路历程，剖析了每一个平凡而又坚强的女性的内心巨变。从她们的成长经历、学习之路、步入社会、创造事业，以及她们的婚姻、家庭关系等角度进行了深入的思考、剖析和提炼。尤其是如何平衡家庭、亲子、婚姻、事业之间纷繁复杂的关系，以及她们为什么要去徒步，她们在生活中遇到的迷茫、痛苦、焦虑和抑郁后，却找不到一个情绪宣泄的出口，于是，她们走进戈壁，去徒步，去让身体觉醒，从而唤醒沉睡的灵魂，破解心中的困惑和谜团。

本书还从另一个视角，去俯瞰书中每一位女性在成长过程中的挫折经历，总结经验教训，用精辟的语言，指出女性成长中所遇到的问题，以警示后人。

序 言

徒步，就是走路，只不过比平常走得更远、更长、更艰苦而已。

徒步，不仅仅是走路，更是自我升华，是从迷茫走向光明。

当一个人要走很长的路时，往往就会忘记出发的初衷。

去戈壁徒步，本身就有一个清晰的目标，那就是去一个空旷无人的地方寻找丢失的自己，去跟自己的心灵对话、倾诉、和解，再通过艰苦的行走，去融化内心的坚冰，脱掉身上的铠甲，摘下脸上的面具，破解心中的困惑，寻找明天的太阳。

我一共去过三次戈壁，还去了一次茶马古道，并体验了一次海上丝绸之路。在整个过程中，我没有刻意去做什么，也没有刻意地想挑战什么。我只是带了一颗平常心去，但我看见了很多很多的不平常。尤其是那些去戈壁徒步的女人，她们很感性，却又被生活打磨得非常理性；她们很柔弱，却又被生活磨砺得那么坚强。

生活中，我看见过女人流泪，但都不足以在我平静的心里激起涟漪。唯有在戈壁上，那些清澈而干净的眼泪，是觉醒，是顿悟，是回归，更是清泉，洗涤着人性中的冷漠，润泽着人性中的善良。那些蒙着头捂着脸在沙漠中踽踽而行的女性朋友们，恰似一座座炼钢的熔炉，体内喷射着火焰，融化着一颗颗冰冷的心。

如果我说戈壁很温暖，可能绝大多数人都不会相信。但事实就是那样，看似冰冷如铁的戈壁，自从一群去徒步的女性出现后，就变得风和日丽、温暖如春了。

她们毫不掩饰自己，激动时流泪，伤感时流泪，出发时流泪，抵达终点时还会流泪。那是每一个灵魂在哭泣，是喜极而泣和重生而泣。

我知道，每一滴眼泪都有故事。

她们都是故事的主角。

她们都在编织美好生活，而生活往往不那么如意，生活给她们设置了很多很多的障碍。行走在戈壁上，她们才懂得了生活，也认清了自己。原来生活就像戈壁，既让人充满幻想又隐藏着未知，既让人看不见尽头又让人期待着幸福的终点。

在这本书中，我没有刻意去选择标志性的人物和事情，而是在戈友（一起去戈壁徒步的人）群里告诉大家我的写作意图。有人报名，就泡一壶茶，静静地聆听她们的讲述，记录她们在生活中的点点滴滴和酸甜苦辣。我之所以这样做，就是想通过我的笔，向外面传达一种声音：她们去戈壁徒步，就是一种醒觉，一种积极向上的状态，一种放下生活中的羁绊去面朝大海的行为。

我还有一个梦想，那就是希望更多的人都去戈壁徒步，去唤醒沉睡的身体，激活沉睡的灵魂，忘掉生活的烦恼，用自己的双脚去丈量未来。

也许只有去过戈壁徒步的人，才会真正明白什么才是春暖花开。

仅以此书献给所有热爱生活并一直奋斗不止、努力装点和温暖这个世界的女士们！

生活中，她曾经只有一个支点——男人。
在经历了六次戈壁徒步后，她成了多支点过日子的女人，
她就是舒君。

01

我第一次听到舒君这个名字，是在千二（第二次千人走戈壁活动的简称，下同）的出征大典上。当时，她以一个普通戈友的身份参加徒步。那时的她，很不起眼，个子不高，微胖，人也不怎么漂亮，但很有女人味儿。她脸色憔悴，远远看上去有点儿对生活失望的感觉。只有在头上那条大红色头巾的映衬下，她才稍微显得有一丝活力。

去年千三我也去过，那时我也是去做志愿者的。在出征大典上，我听过她的名字，但没太在意。

这次就不同了，再遇见她时，她已经做了四届志愿者了。她说她一共走了六个108公里了。

我很吃惊。但她说得很轻松、很平静，没有一丝夸张和炫耀的感觉。

这次，她的脸色更加红润有光泽了，嘴角也露出了微笑。看上去，已今非昔比，整个人显得很自信，又充满了能量，气场强大。

她总是背着一个很重的背包，里面是各种瓶瓶罐罐。我笑着问她："在戈壁上，别人都背水，你为什么要背些不管用的瓶子？"

她说："俺这个比水更管用。"

我问："何用？"

她说："我这个是小黄姜汁儿，如果谁的膝盖受伤了，抹一抹揉一揉，马上就会好。"

我将信将疑，笑了。我不想浪费时间和生命，前面的路还很长，我得赶路。

我说："我要走了，不能被队友落下太多。"于是，便一个人朝前小跑起来。

只听她在后面大喊："听说你是作家，能不能写点儿我的故事？"

我放缓脚步，头也没回就问她："你有什么值得写的？"

她气喘吁吁地追上我，一把抓住我背上的水袋，一字一句地告诉我："你知道我为什么来戈壁七次吗？"

我站住，回头看了她一眼，问："为什么？"

她说："第一次，我是来戈壁寻死的。"

我心头一紧，咯噔一下，仿佛整个心脏被她的这句话给痛击了一下似的。

我小声地问："走了七次，就活过来了吗？"

她没有回答，朝我点了点头。

戈壁的风，一直不停地吹，吹开了她那条红色的头巾。她摘下墨镜，抬头望着我，眼里噙着泪，嘴角上扬，露出一种坚毅的神情。

我凝视了她几秒钟，脑海里突然想到了《秋菊打官司》里的那个秋菊。她跟她一样，有着北方姑娘的性格：倔强、好强、不服输、不向命运低头。

我暗暗地想，今天如果不答应她，她可能会像跟屁虫一样一直跟在我身后唠叨。而我，却是来享受一个人的孤独的。

于是我说："那好吧，抽时间你来成都喝茶，给我讲一讲你的故事吧！"

她立即笑了，笑得很开心，像一个十七八岁的少女，蹦蹦跳跳地往前跑去。

02

十月的敦煌，白天大太阳，温暖和煦，早晚却冷若冰霜，像金庸笔下的那个李莫愁一样，变幻莫测，让人既爱又怕。天一暗下来，她的身上便透着一丝杀气，令人不寒而栗。

舒君却不一样，她说她爱上了敦煌。去敦煌的很多女人，白天都要把脸裹得严严实实的，但她却像个另类，只戴个帽子，往返穿梭在每一个戈友居住的酒店，一会儿送小黄姜，一会儿送眼贴。

她说："哎，没办法呀！这些都是戈友运动后最需要的东西。"

我笑着问："你卖小黄姜了？"

她立马苦瓜着脸，大声喊道："冤枉啊，真的是冤枉。小黄姜不是我的，我是在帮千二一个戈友卖的；眼贴也不是我的，是吴姐姐的。"

我笑了，觉得这人挺奇怪的，像个精灵，到处乱窜，什么事儿都要往自己身上扯。而其他来敦煌的人，绝大多数跟我一样，是来享受某种快乐的。大家徒步完，通常直接回到营地帐篷，或者赶快回到酒店，洗澡、睡觉、喝咖啡……各种享受，根本就不想再挪动身子。但她却像只小蜜蜂一样，一刻也不停歇，给这个捏一捏，做做拉伸，给那个抹一抹面膜，或者再拿出一卷一卷的保鲜膜，给别人的大腿肌肉上先涂抹百寒消姜汁，然后再小心翼翼地一层又一层地包裹。

在戈壁，男女的界限早已消失，大家都是兄弟姐妹。

记得第二天抵达营地的时候，我累得实在不行了，脱掉鞋子，一屁股坐下来，整个人就瘫倒在帐篷门口。

我看见舒君扶着李扬回来了。李扬一瘸一拐，看来可能是大腿或小腿肌肉受伤了。

进了帐篷，李扬还在哎哟哎哟地喊。

舒君帮他卸下背包，脱掉鞋套和鞋子，然后轻轻地扶着他在地垫上坐了下来。

李扬四仰八叉地躺下了，嘴里骂了一句："太难受了，我为什么要来啊？"

舒君双膝跪在他旁边，嘴里喊道："把裤子脱了。"

李扬一惊，停止了喊叫，闭着眼睛，带了哭腔问："为什么要我脱裤子啊？"

舒君说："你的大腿肌肉拉伤了，姐给你按摩一下，再敷上小黄姜，睡一晚就好。"

帐篷的门帘，被戈壁的风吹拂着，上下翻飞，发出哗啦哗啦的响声，犹如一个孤独的舞者。那响声像音乐，空灵、寂寞。那舞者更像眼前的舒君，舒展、孤独。

整个帐篷里面，不带一粒尘埃，仿佛回到了童年时代，大家脑海中的世俗概念，瞬间化作了春风。男人和女人之间，不再有邪念、淫思。刚见面时仅有的那一点儿遐想，被舒君的一席话来了一次大扫除，也荡然无存了。

在戈壁上，"混帐"（在戈壁徒步过程中，每一支小队的队员，无论男女统一住进一个大型帐篷）这个词始终是一个神秘的字眼。这里的人都是在互联网上结识的，戈友来自天南海北、五湖四海。像我这样经常四处闯荡的人，也难免对其他人存有一丝敬畏和警惕。然而，看似危险的"混帐"，却不是邪恶的。而是在像舒君这样的人的带领下，传递着大爱。

她们仿佛和戈壁的风也结上了缘，吹进每一个帐篷，让爱流淌起来，一届又一届，一届又一届。

03

霜降刚过，成都就开始凄雨冷风天气了，唯有泡一杯茶，才能够打开每一个人的心扉。

舒君来成都了，以一种迫不及待的心情来见我。她说这是她近几年来，第一次想找个人倾诉，她有很多话都藏在心里，再不说，就要发霉了。

我们在宽窄巷子见面了，我挑选了一个十分僻静的小院。

我为她要了一杯竹叶青，舒君笑了，眼睛眯成了一条缝。

我说："我喜欢品竹叶青，你看那叶片，像不像咱们的少年时代？无论你用多高温度的水去冲泡，它都不老实，总是要往上蹿，蹦得老高。但几壶开水泡下来，就开始慢慢沉底，安静了，成熟了……"

舒君若有所思，呷了一口，水还烫。她两眼泪汪汪的，仰望着灰白的天空。

她说："我明白了，作为女人，我不能把所有的希望都押在一个人的身上。以前的我真傻，像这杯中的竹叶青，现在的我彻底释然了。走了几次戈壁、茶马古道，做了志愿者后，我才完全想明白了：以后的路，还是我自己走，但再也不会重蹈覆辙了。"

我笑着问她："做女人，最大的忌讳是什么，你知道吗？"

她摇了摇头，回答不上来。

我说："做女人，最大的忌讳是，自己从一开始就把自己当成男人。"

"是的，你说得太对了。"她若有所思地点了点头。我们的话题开始了，从她的家庭开始。

她说："我离婚快8年了，本来不想再提起的，但不得不提。我之所以一次又一次地去戈壁，最初就是因为我失败的婚姻。是他背叛了我，我那时走不出来，想到了放弃一切，一了百了，从此不再痛苦。"

我双手交叉，手握茶杯，静静地聆听着，但还是感觉到一丝丝寒意朝我袭来。

"幸亏那年，我遇到了超哥。他发了条链接，让我接触到了戈壁徒步。"

我笑着说："别忙说戈壁。我想听你婚姻破裂的原因。"

我觉得她的思维很发散，每一句都要跳跃到戈壁。

她不好意思地笑了笑，继续说道："他以前是一家企业的高管，我也是。他被公司派驻到外地。我就留在合肥，在一家包装企业上班。那时，我们的女儿还很小，才刚刚念小学六年级。其实，我们的婚后生活是非常甜蜜和幸福的。就是因为他去了外地工作，两地分居，才慢慢变淡的。刚开始，他还每个月回家。渐渐地，他两个月才回来一次。再后来，他就半年才回来一次，甚至出差回来也就停留一下就走。那段时间，我工作太忙，刚开始还以为他忙，也就没特别在意。后来，我察觉到了，他肯定有了别的女人。"

舒君："那一年春节，合肥下了一场暴雪，特冷。他在家过节，每天都抱着手机，躺在床上，也不管女儿，也不跟我们交流。他的手机一会儿抖动一下，一会儿抖动一下。我就知道他心不在焉，肯定是在和外面的女人聊天。"

我笑问："万一是处理工作呢？"

舒君："女人的第六感告诉我，他的心早就不在家了。于是，大年一过完，我就找他谈了谈。"

我问："怎么谈的？"

舒君喝了一口茶，平静地回答道："我说，咱们离婚吧！你反正也不想要这个家了。"

我问："他什么反应？"

舒君没有回答，只是仰望着天空。天空是灰暗的，空气中浮着一层薄雾，像雨、像风，又像迷茫。

她说："他没有一丝留恋，就同意了离婚。我真的很傻，其实，我根本就没有想好离婚后该怎么过。女儿也还小，她怎么接受？我的未来该怎么办？"

我问："那一刻，他没有挽留这段婚姻，你是不是特别失望？"

舒君抹了把眼泪，说："如果他给我道个歉，我就会原谅他。毕竟，我想让女儿有个完整的家庭。"

她沉默了一会儿，摇了摇头，叹息道："算啦，不提了，都过去了。自从我第一次去戈壁回来后，我发现我坦然了，我重回正轨，回到了平常的生活。反正，以前没有他也一样生活。"

我问："在徒步的过程中，你有没有反思过自己，一段婚姻的破裂，自己有没有责任。"

她说："反思过，我也有责任。自从他派驻外地工作后，我的心思也不在他身上了。"

我说："你是个工作狂吗？"

她点了点头，回答道："那几年，我的全部关注点都在工作和女儿身上，可能对他冷落了。"

我同意她的观点，因为夫妻的问题，大多数都不是一个人的问题。离婚的理由千千万，但根源不外乎几个，那就是家庭的重负、经济的压力、事业的重担、孩子的教育等，像潮水般接踵而至，将一个个完整的家庭打得七零八落。

我说："假设，你的老公没有派驻外地工作，咱们今天会不会有这么一席谈话呢?"

舒君很迷茫,这个问题她回答不上来。因为,生活中根本就没有假设。有时你早已规划好蓝图,但生活偏偏不会按照你事先设计的轨道去走。

04

午饭过后,太阳出来了。

宽窄巷子里,游人也懒洋洋的。大家都戴了口罩,即便路过香气四溢的小吃摊儿前,也没有了疫情前的那种欲望了。

我和舒君不是游客,继续着我们的采访。不过,话题不再那么沉重了。

我们又聊到了戈壁,舒君很兴奋。和上午相比,她像换了个人似的。她一边讲,一边站起来,做着各种手势。

我说:"我一直以为你去戈壁是卖小黄姜的。"

她摇了摇头,笑着说:"不但你这样认为,其他人也这样认为。我真的很冤枉啊!不过,我不后悔。我帮人就帮到底,自己说过的话,一定不能食言。"

我问:"你为什么要帮别人?你自己都还处于漂浮不定的状态。"

她回答道："他是我生命中的贵人，是他把我拉进了戈壁，鼓励我走完了108公里路，让我去磨炼意志，去发现不一样的生活，然后对生活重拾信心。"

我点了点头，用眼神示意她继续讲下去。

她说："其实，上帝是公平的，给你关上了一扇门，会给你推开一扇窗。那段时间，就在我躺在沙发上默默流泪的时候，我的手机响了，是一个多年都没联系的男人打来的。电话里一聊，才晓得他是我高中的同桌。我问他怎么找到我的号码的。他说他是孙悟空，要寻到我的号码，小儿科啦。"

"寒暄过后，他十分诚恳地问我想不想去戈壁徒步？"

舒君说："当时，我根本就不知道什么叫徒步。于是，我拒绝了。但他紧追不舍：'我好不容易找到你，你就这样轻描淡写地把我打发了吗？不行，我得见你，顺便把你老公喊上，咱们喝两杯。'"

我笑了，说："真是哪壶不开提哪壶啊。"

"是的，当时真的想一把掐死他。"她说这话时，自己也忍不住笑了，"我在电话上说：'他出差了，你过来吧。'后来，我们见面了，我掩饰得很好，化了妆，穿了一身鲜艳的衣服。我们去了市中心最好的火锅店，一边吃一边聊。他说他喜欢上了戈壁，他和上海的超哥是好朋友。他聊到戈壁的时候，就会放下筷子，手舞足蹈地描述戈壁的风、戈壁的沙，还有戈壁是如何如何辽阔。我说我不喜欢，他就不停地喝酒，他说他一定要带上我去戈壁。那晚，他喝了很多，我一直保持着冷静，不想让他看出我内心的痛苦。"

我说："生活中，你善于伪装？"

她摇了摇头："那不是伪装，我想维护我的尊严。你是知道的，女人在那种情况下，喝醉就会流泪，我不想当着别人的面流泪。"

我说："你是个女强人？"

她说："是的，我从小就十分要强。我要得到的，我想方设法都要得到，否则，我会不快乐的，我不会做小女人。"

我说："你把自己定位成女强人？"

她说："可能这就是以前我过得不幸福的原因吧。过去，我把自己看得太高了，以为我无所不能。现在想来，我真的错了。"

我补充道："那些小鸟依人的女人才幸福？"

她说："我现在是这样认为的，以前我特别瞧不起我身边那些嗲声嗲气的女人，总觉得她们娇气。哎，现在我才想明白了，是我自己定位错了。就像你刚刚说的那样，我把自己定位成了女强人的角色。"

我打住了她的话题，追问道："你那个高中同桌，最后是怎么说服你去戈壁的？"

她说："刚开始，他说服不了我。后来，他就从背包里面拿出一个白色的小瓷瓶，在我眼前晃了晃，说：'那你去做善事吧！帮助我推广一下百寒消，这里面装的是小黄姜汁儿，往那些受伤的脚踝上一抹，立刻就见效了。'我接过瓷瓶，摇了摇，拧开瓶盖闻了闻，一股强烈的刺鼻的生姜味儿袭来，我顿时就来了精神。"

"于是，你就答应了？"

她说："是的，那一刻，我竟毫不犹豫地答应了。"

我说："你的同桌是个营销高手。"

她说："其实不是的，他还真的不懂销售，一个理工男，在我眼里笨手笨脚的。可是，我在他面前，却被他身上的某种东西吸引着。于是，我就按照他说的那样准备，每天坚持下楼走路了。"

我说："你似乎看见了什么希望？"

她说："是的，我也觉得莫名其妙，脑海中开始憧憬着戈壁是个什么样子了。"

05

陌生的地方才有风景。

生活，有时就像一个鸟笼，将我们向往远方的翅膀给牢牢地困住，我们才会产生烦恼和对现实生活的失望。

梭罗在《瓦尔登湖》里这样写道：让我们如大自然般悠然自得地生活一天吧，别因为有坚果外壳或者蚊子翅膀落在铁轨上而翻了车。让我们该起床时就赶紧起床，该休息时就安心休息，保持安宁而没有烦扰的心态。身边的人要来就让他来，要去就让他去，让钟声回荡，让孩子哭泣——下定决心好好过一天。

世界那么大，到处都有看不完的风景，这些人为什么要选择去戈壁徒步？这是困扰很多人的一个问题，但舒君却想明白了。

她说："当我第一次踏进戈壁的时候，我的心震撼了，我的肉体在颤抖，我的心突然就苏醒了。那种空旷、野性和孤独感，像一首天籁之音，猛烈地撞击着我的心灵。我流泪了，有一种久别重逢的感觉。那一刻，我悄悄地告诉自己，我就是戈壁的女儿，此生，我愿意投进戈壁的怀抱。"

我问她："难道你不喜欢合肥？"

她的回答令我吃惊。她将了一下被风吹乱的头发，说："合肥是我的故乡，每个人都有一个终生难忘的故乡，故乡都是深藏在心里的。而戈壁却不一样，它能够带给我活力和希望。"

我问："带给你希望？什么希望？"

她说："我第一次去戈壁徒步，几乎什么好事都一股脑儿地朝我涌来，让我顿时看见了生活的希望。记得我第一天走到第 80 面旗帜的时候，口渴难耐。由于我没有徒步经验，再加上我是真的来寻求解脱的，我想把自己累死在戈壁，所以，我故意不带水。"

我笑着问："然后，就遇到好心人了？"

她点了点头，回答道："岂止是好心人。我遇到了肆拾玖坊（一家销售酒类的公司）的一个大哥，他身上带了很多水，还挂了一个小酒瓶，很好看。他见我嘴唇干裂，像是要虚脱的样子，便蹲下身子问我是不是没有水了。我看了他一眼，摇了摇头，说我不喝水。那个大哥也很幽默，立即拿出酒瓶在我眼前晃了晃，问我不喝水，是不是想喝酒啊，我突然被他的小小幽默逗笑了。"

我说："就这样，你就和肆拾玖坊的人认识了？并且，后来你就加入了肆拾玖坊成为堂主了吗？"

她点了点头："是的。一路上，他让我喝了几口水，然后又把他身上的水给我匀了一些，让我背上水袋，跟着他走。他一边走一边问我来自哪儿，是干什么的，我们聊得很愉快。他听说我离婚了又失去了工作，就热心地对我说：'那欢迎你加入咱们九华分舵吧。'"

眼前的舒君讲得眉飞色舞。我却没有听进去，整个人被她的讲述重新拉回了敦煌的戈壁：烈日当空，风沙漫漫，一群人正在戈壁中孤独地行走。我完全能够想象舒君描述的画面。

我感觉她其实有着多面的人格，这些人格都依附在她的身上，相互搏斗着。她表面上说她是来戈壁寻求解脱的，其实，在她的内心深处，她是来戈壁求生的。生活的动荡令她十分惶恐，她失去了活下去的信念，所以来戈壁重新寻找让自己活下去的理由。

婚姻的挫败，成了打击优秀女性的利箭，它往往穿透的不只是肌体，更伤及灵魂。

舒君在戈壁徒步过程中，先后遇见了小黄姜、肆拾玖坊、黄金眼贴，我又看见她昨天在朋友圈里发了几组"可爱的菊花"。

我笑着问她："你是不是又在帮别人吆喝卖菊花了？"

她不好意思地笑了，说："你知道吗？这次精英联盟队里有个大哥，他的名字很好听，叫'李可爱'，这个菊花就是他家的。"

我想起来了，是有这么个人。

我说："我终于明白了，你连续六次去戈壁，就是为了去帮助别人的？"

她摇了摇头，否定了我的说法。她说："我是在帮我自己。"

我揶揄道："你还蛮懂生活哲学的嘛！"

是的，不管在什么地方，付出得多，往往才能得到更多回报。很多人不懂得付出，做事情老想着回报。

诗人海子曾经发问："天空一无所有，为何给我安慰？"

同样，戈壁对人们来说也一样。戈壁什么都没有，为何能够给人安慰呢？尤其是像舒君这样的人，一脚踏入了戈壁后，为什么能够从孤寂荒芜的戈壁滩上获得内心的满足呢？我想不是因为别的，而是因为人，是因为那一群走进戈壁滩去寻梦的人，去破茧化蝶的人，去涅槃重生的人。

06

舒君是一个很有野心的女人。

在和她闲聊的过程中，我总感觉她的身上有一股无形的不断向上升腾的力量弥漫开来。经过几年的徒步，她已经获得新生，她成功地摆脱了束缚在她身上的牢笼。

至少，现在她是自由的，精神也自由了。

她告诉我，她的女儿马上本科毕业了，正在准备考研。她说她女儿昨晚还发来喜讯，获得了一等奖学金。

我向她表示了祝贺。我说："这个世界是公平的，有努力就会有收获。"

她给我讲了她以后的规划，很宏大。

她说："我还要去戈壁徒步，我要帮助更多的人做大做强。"

我很吃惊。要是在没有和她深聊之前，听到她这样说，我一定会嘲笑她的。但是，看着坐在我面前的她，说得那么认真、那么淡定，我不敢笑，甚至我只能带着满脸的崇敬认真地聆听她的计划。

"我要让戈壁上的每一个人，都知道小黄姜，用上小黄姜。同时，我还要通过戈友去不断地扩散、不断地在互联网上形成一波又一波浪潮。我要让所有人都喝得起肆拾玖坊的酱香型白酒。只要戈友们能够喝得健康，不伤害身体，我的目的就达到了。你说我能不能赚钱，那不是我的最终目标。在这个过程中，只要我不亏本，能够赚回自己的差旅费，能够吸引更多的人来参与肆拾玖坊的营销，都有事做，这样我就更加沉得下心来做我喜欢的事情。"

我笑了，问她："企徒体育（中国企业家户外徒步联盟集团简称），已经做得很牛了，你也要帮它成长嘛？"

她哈哈大笑了起来，说："我能够有今天，还是得感谢企徒，感谢超哥呀。如果没有他，我能去戈壁徒步吗？我能在徒步的过程中重新审视自己吗？我能拥有今天的人脉网吗？我能在这几千上万人中间这样出名吗？我能获得这么多人对我的认可吗？过去，我的人生只有一个支点，那就是我的前夫。可现在呢？现在的我活得多么的惬意呀！是企徒体育这个大平台，给了我人生的大舞台，让我在这个舞台上自由地发挥，自由地成长。虽然我在戈友圈子里不停地在吆喝这吆喝那，但我只有一个目的，始终没有变，那就是感召更多的人来戈壁徒步。"

舒君越说越兴奋，她突然站起来，猛喝了一口茶，伸出双手，对着成都灰蒙蒙的天空，大声地喊道："将来，我一定要率领一千人的队伍，浩浩荡荡地在戈壁徒步。到时候，我邀请你来做我的军师，你同意不？"

我不想扫她的兴，立即点头同意。我看她那激动不已的架势，仿佛她已经胸有成竹，指挥着千军万马，正在雄赳赳、气昂昂地冲向敦煌。

其实，她个头虽小，但看得出来，很有野心。也许是她这几年经常去敦煌的缘故，骨子里或多或少地吸收了不少西北文化，抑或是自信满满，才会做出这样令人刮目相看的事情。

她说她是企徒的合伙人，也是肆拾玖坊九华分舵的合伙人。她走的都是轻资产的路线，就是把互联网这个工具用到了极致。

她说："帮助别人成功，我自己才能够成功。"

是的，她的一席话，让我悟出了很多。过去，在我们普通人的常规思路里，绝大多数人都是先自己成功，而且，自己必须要成功。至于别人能否成功，根本就事不关己。舒君却不一样，她在经历了人生的起起落落之后，在经历了无数次痛苦的挣扎后，终于大彻大悟，重新思考，将自己先前的人生架构全部推倒，重构。

我们每一个人，都不是完美的。舒君也一样，但是，经过多次戈壁徒步后，她彻底认清了自己，认清了现实，这是很了不起的一件事。

人生的路，漫长又短暂，无论你怎么走，那都是你自己的路，他人，无论是你的亲人，还是你的好友，都是旁观者。旁观者最多在你行走的过程中，和你有短暂的同行，最多给你竖起大拇指，冲你喊一声："加油！"

剩下的路，就得靠你自己去走了。

舒君的路，也得靠她自己去走。

不，是靠她自己去闯了。

她原本是公主命，却十分努力地把自己活成了灰姑娘。
在经历了两次涅槃后，她又从灰姑娘变成了戈壁上的一只鹰。
她想飞，她向往自由。
她终于活成了她自己。

01

～～～

　第一次认识王燕，还得从千二开始。那时候，她默默无闻地走完了 108 公里。跟很多戈友一样，走完了戈壁后，她就像一粒尘埃，重新回到自己生活的地方，继续着原有的生活。在后来的一次成都火锅聚会上，我们才面对面地聊了几句。

　她很健谈，说话像开机关枪一样，语速很快，给人干练利落的感觉。

　她喜欢笑，笑起来声音也很大，毫不掩饰心中的快乐。她的笑声很特别，像夏季的风拂过脸面，遒劲而热烈，成熟中略带沧桑，处处透露出成熟女性的厚重和饱满。

　她不温柔，她的性格豪爽、霸气，如果身边的人有困难，感觉她随时都能拔刀相助。

她告诉我，从千三开始，她又去了戈壁，连续做了四届志愿者。而且，她还去了青海格尔木的 NODE 星球，穿越了塔里木无人区。

我很惊讶，完全不知道她为什么对戈壁那么执着。一次又一次地去，她究竟从中得到了什么？在我的印象中，她其实就是一个做财务的高级白领，往返穿梭于各个城市之间。直到这一次，她才完全走进了我的写作视野。我开始观察她、了解她，尤其是当她穿上志愿者服装时，在人群中像定海神针一样的表情，引起了我极大的兴趣。

她说她是"60后"，在志愿者中，她应该是年龄最大的。我很佩服她的勇气和毅力。我也无数次地朝她竖起大拇指，赞扬她无私奉献的精神。同时，我也在深刻地反省我自己。

我们见面的第一句话，是我先开口的。我说："我也做了一次志愿者，被分到和你同样的岗位。但是，看了你努力工作的样子，我感到挺羞愧，简直无地自容啊。"

她问："为什么这样说呢？"

我说："你认真的样子，让我想起了沙漠中的骆驼，每一步都踩得很深、很实，还负重前行。而我呢，就像那戈壁上的野风，东飘西荡，对讲机里面经常听到组委会安迪的呼声：'埋剑煮酒大哥，你在哪儿？快回到旗门口！'"

王燕抿嘴笑了，问我究竟去了哪儿。

我说："我捡石头去了。"

她问："你那是去寻找灵感吧？"

我摇了摇头，回答道："光捡石头是寻不到灵感的，我是一个很容易被外界吸引的人。戈壁上的一个脚印、一只蜥蜴，甚至一只蚂蚁，都可以让我思考大半天。"

我们各自要了一杯咖啡，悠闲地畅聊戈壁上曾经发生过的趣事。她说她还要去戈壁，要一直走，直到自己再也走不动为止。

02

我们走过很多路，每一段路，都是一种领悟。

我们都会变老，从起点走向终点，从出生走向死亡，就像戈友每天都必须抵达营地一样，这是一种必然。

在成长的途中，我们匆匆忙忙、跌跌撞撞，奔波而又小心，劳累而又费心。

人这一生中，究竟留下了什么？又得到了什么？细细一想，物质的都是带不走的，唯有精神的才可永恒，给后人留存一点点记忆。但是，记忆也是有限的，也会像日月星辰一样，消失于浩瀚无垠的宇宙之中。所以，活着，就应该尽力活好，别让自己活得太累，想开、看淡、放松。人不可太精，事不可太勤，不要累人、累己、累心。

人生不过是一场旅行，你路过我，我路过你，有的人相向而行，有的人擦肩而过。但无论选择了哪条路和哪个方向，无论走得快与慢，旅行的终点都是一样的。最终，所有的人都会回到营地。

王燕就是在终点迎接戈友的人。

我很好奇地问她："来一趟戈壁，很不容易，要翻越千山，穿过万水。你不去欣赏大漠风景，却甘愿做一名守候在终点线的志愿者，值吗？"

她说："终点，很好啊！可以阅尽众生。"

我问："如何阅众生？"

她的回答令我吃惊。她说："你看啊，每一个人在抵达终点时，表情都不一样。有的人笑，有的人哭，有的人却很淡定，还有个别的人显得很麻木。总之，每一个人内心的想法都不一样。有的人收获很大，有的人没有收获；有的人把荣誉看得很重，有的人却把荣誉看得很轻。那些所有的得失成败，像不像我们日常生活中的是非曲直呢？"

我点了点头，对她的说法表示肯定。是的，她说得很对，在戈壁上冲过终点的人，号啕大哭的有，放声呐喊的有，淡定面对的有，手舞足蹈的有，冷漠麻木的也有。而她作为一名志愿者，就是守候在终点，迎接所有回归营地的人，阅尽了众生万象。

在抵达营地冲过终点的那一刹那，无论你面带微笑还是号啕大哭，王燕都会第一个冲上去，给你一个大大的拥抱。她就是这样一个人，一个把后半生都要全部奉献给戈壁的人。

她出生在泸州一个工人家庭，父亲是厂里的技术工，母亲在另一家很小的工厂做会计。她有一个哥哥和一个弟弟，兄弟俩都非常聪明，学习成绩拔尖，是学校连续两届的高考状元。

她说她从小就很笨，学习成绩一般，但很努力。她笑嘻嘻地说："笨鸟先飞嘛。"

第一年参加高考，她落榜了，父亲就让她念他们厂的技校，说是以后能够在厂里找一份工作。

母亲很宠她，也很心疼她，从小把她当公主一样呵护。高考的失利，让王燕十分迷茫，但母亲也无可奈何，只得让她听从父亲的建议，进了技校学习。

但是，王燕的内心却很不甘，哥哥和弟弟身上的光环，始终漂浮在她眼前。她对我说："那时候，我哥哥考上了华中科技大学，我弟弟考上了电子科技大学，难道我就只读个技校吗？"她说她必须努力，必须复读。于是，她鼓起勇气向父亲求情，让他同意自己去复读。

我问："你父亲同意了吗？"

她回答道："父亲没有同意，母亲却极力支持。我夹在中间，十分难受。父亲的理由很充分，就是说我笨，应该念个技校，早点儿找个工作算了。而我的母亲，却不那么认为，她始终是站在我身后的一个坚硬的堡垒。最终，母亲说服了父亲。"

我问："那你应该满足了吧？"

她说："家里虽然同意了，但是，我去跟技校的老师说我要复读的时候，技校却不答应了。他们的理由是，我是厂矿子弟，是优先进校的。我去复读，假如再考不上怎么办？那时候，这的确是一个十分伤脑筋的问题。如果这个问题再传到我父亲的耳朵里，那我可能就只有念技校了。于是，我向我的班主任求情，让他网开一面，给我保留一年的学籍。如果考上了，我就不回来；考不上，我就回来，完成我后面的技术学习。"

她说得十分严肃，像是回到了当时的场景一样。

我笑着问她："你复读一年，考上大学了吗？"

她摇了摇头，回答道："一年过后，我就放弃了大学梦，默默地回到了技校。"

王燕还告诉我一件事情，她以前一直以为父亲不爱她，尤其是不让她复读那件事儿像一根鱼刺卡在她的喉咙，令她很不舒服。但是，有一次，她的父亲指着家里的水缸，让她计算一下究竟能装多少水。她的脑子一下子就蒙了，根本就不知道该怎么计算。

我笑了。我说我是文科生，听到这样的问题就烦，我也会蒙的。

她说，当时她的父亲并没有责怪她什么，转身便离去了。直到她工作多年后，才突然醒悟，父亲其实是很爱他的。父亲是在默默地告诉她："孩子，你的天赋就那样了，不要再自找苦吃了。"

王燕自己都笑了，显得很惭愧。她说："其实，我当时为什么就那么笨呢？我竟然不知道父亲是在让我求水缸的体积啊！"她说她的父亲很能干，也很聪明，完全能够把生活中的常识跟书本上的知识完美地结合起来。而她的哥哥和弟弟，在父亲面前是一点就通的人。所以，父亲让她去念技校，先学一门手艺，日后能够安心地找个工作，那也是一种无声的爱。

后来，王燕念完技校，一次偶然的机会，便去了泸州市新华书店上班。她在新华书店一干就是十四年，从一个书店前台开票员，凭自己的本事一直干到部门经理。

03

事业也像一把刀，将初入江湖的她，一点一点地雕刻，最终才将她雕刻打磨成今天的样子。

那时候，要想进入新华书店是非常困难的，尤其新华书店的工作环境好、待遇高、位置很好，所以人人都想去那里工作。一开始她被安排在书店前台开票。她说那时候其他人都在混日子，而她却铆着一股劲儿不停地钻研业务知识。

一次偶然的机会，让王燕开始出人头地，让她的努力没有白费。在新华书店建店 60 周年之际，新华书店总店举办了全国性的业务技能选拔赛。王燕所在的泸州店总经理早已决定了其他 7 个参赛人员，但新书快速统计清点这个岗位不知道让谁去参加。正在总经理左右为难之际，王燕的一个同事大胆地推荐了她。

那时候，作为一名普通的基层员工，能够代表一个地区去参加省上的业务技能选拔赛，是很了不起的，也是非常令人骄傲的事情。最终王燕被总经理选上了，8 个人代表泸州市新华书店进行脱产训练，并组队到成都参加初赛。那段时间是王燕人生中颇为繁忙和充实的一段经历。第一次初赛结果下来之前，凭着过硬的技能和较快的速度，王燕对自己很有信心，认为自己能够拿到第一名。但是，当她怀着激动而忐忑不安的心情等啊等啊，最终在酒店房间里面等来了她们店的总经理。她的总经理告诉她只获得了第二名，明天就要打道回泸州。她非常失望，也十分遗憾。因为，第二名意味着被淘汰了。但是，倔强的她很不服，就拉着总经理说："其实，我应该是第一名的。"

总经理问："你为什么这么说？难道是评委出了问题？"

王燕："我找到了提高速度的捷径，她们虽然获得了第一名，但是他们采用的是传统方法。"

总经理听了王燕的话，认真思考了一会儿，才说："那你这么说的话，意思是说今天选拔出来的第一名技术不稳定，而你的方法还可以提高很多吗？你是不是这个意思呢?"

王燕十分肯定地点了点头。

最后，总经理做出了一个十分大胆的决定，他说："那就这样，我也是裁判组的成员，我去跟裁判组说一下，看能不能将比赛的前五名都留下来，重新来几轮复赛，看看谁更加稳定，谁就最终代表四川队出征全国决赛。"

这样，王燕又十分幸运地留下来参加了几轮稳定性技能复赛，她运用她自己琢磨出来的方法，连续五轮都成绩优异，最终被裁判组判定为第一名，代表四川队去参加全国性的决赛。

那一夜，王燕高兴得一夜未合眼，同事们羡慕的眼光，领导的赞扬，以及自己内心深处长期的压抑，终于得到了释放。她能够代表泸州市店参加初赛，已经是非常幸运了。却没曾想到，自己还有机会代表省队去参加全国性决赛，她感觉自己人生的顶峰已经到来了。

为此，四川新华书店还奖励了她 2000 元钱。王燕当天晚上就拿出来 1000 元钱请客，她请了单位所有的同事吃火锅，热闹了一场，她也喝得烂醉如泥。

她的性格豪放，骨子里就有一股不服输的劲儿。那时候，1000 元钱也是一笔巨款，毕竟她的工资才不到 200 块钱。

然而，王燕在最终的决赛中止步了。现在回想起来，她还十分后悔。她对我说："后来，参加决赛，我没有拿到名次，令我的总经理和省队的领导很失望，我自己也很失望。但那个时候，我却没有想明白自己为什么没有获奖，没有认真去深思个中原因。后来，在我离开新华书店后，在后来的工作经历中，我才猛然醒悟，原来当年的我并没有带着目标去做事。那时候，我只是把能够参赛当成了目标，而不是把能够夺得名次当作目标。"

我问她："意思是说，你内心的目标不明确，动力就不足？"

她点了点头，回答道："是的。所以，你看我现在做事，目标感非常清晰。我在做任何一件事情之前，都会先做一份计划。"

是的，每个人在年轻的时候，都需要磨砺，才能够快速地成长。王燕就是在同事一次又一次的百般挑剔和一次又一次自我完善过程中涅槃重生的。

王燕不像其他人那样，能够安于现状。她的心总处于不安分状态。她想逃离现实生活，想远走高飞的那个梦，始终没有泯灭。当新华书店改制的时候，新公司的人力资源找她面谈时，她第一句话就把人给镇住了。她说："我等今天，已经等了十年了。"她的话无疑像一颗炸弹，在新的公司里面炸开了。因为几乎所有的新华书店老员工都不愿意改制成新的公司，都愿意像以前那样，每天泡杯茶，跷起二郎腿，摆起龙门阵，消磨时光的同时，工资还一分不少的按月领取。只有王燕才不愿意那样消耗时光。公司领导很赏识王燕，她理所当然地就被任命为部门经理了。

然而，有梦想的人总是不安分的。她需要跑，就像电影《阿甘正传》里面的那个阿甘一样，永远不能停下来。阿甘的母亲曾经对他说过这样一句话：人生，就像一盒巧克力糖，你永远不知道下一秒吃到的是什么。

新华书店改制成了文轩书店，王燕负责的书店在泸州市中心，三层楼，几千平方米，装修气派，很多人都羡慕。但是，一次偶然的机会，她像蹦极一样，辞去了文轩的工作，去了重庆表姐的公司。

她说："从辞职的那一刻起，我才开始正儿八经地接触到财务工作。我的孩子也大了，我想拥有一个完整的周末。那时候，刚推行了周末休息两天。我看见其他人带着孩子和家人，享受着无比幸福的周末和大假时，我就很内疚，也很心疼，不能陪孩子，不能陪父母，不能陪老公。"

我问："你想改变？"

她回答道："我不仅仅是想改变，还想变得更好更优秀。我的哥哥毕业后去了美国，弟弟毕业后跟人合伙开了公司，他们俩的光环始终像太阳一样炙烤着我的灵魂。"

我说："你骨子里一直不服输？"

她点了点头，回答道："是的，我虽然相貌平平，但内心深处我早已放弃了公主命。我要自己努力，自己去打拼。我到了重庆，表姐正好需要一个财务会计，她就让我一边工作，一边学习，还专门找了个老师来教我。我是从出纳开始做起的。"

看着她十分虔诚的样子，我笑了。我知道她把她的每一份工作，都看得很神圣。所以，从她口里讲出来，不是在讲故事，而是对她过往青春岁月的反思。

她说："刚开始，我脑子完全是懵的，根本就不知道该怎么入手。直到有一天，和表姐进行了一次深度的沟通和对话过后，我才豁然开朗，原来财务工作并不是每天只坐在办公室记账那么简单，而是必须要熟悉生产、库房、市场等多个环节。"

我说："于是，你就进了基层？"

她点了点头，说："从头再来，一切从零做起。我一头扎进了库房，三个月后，我就完全熟悉了财务工作流程，自己也琢磨出一整套方法。我有做财务的天赋，因为我的母亲就是一名老会计，我完全继承了母亲的基因。而我的哥哥和弟弟完全继承了父亲的基因，所以，他们俩才那么聪明。但我并不是不聪明，只是我没有找到自己的定位。我应该像母亲那样扎扎实实地干好财务工作。"

说到母亲，她抹了一把泪。她说："可惜，我的母亲没有享到福，前两年因为癌症去世了。"

我问她："那你一直在重庆工作了吗？"

她说："不是的。三个月过后，我到弟弟的公司做了出纳。当时，重庆的表姐十分不舍，临别时真的想挽留我，让我留下来帮她。但是，我母亲是一名老财务工作者，弟弟的公司又是跟人合伙开的。我弟弟属于典型的理工男，只懂技术，母亲要求我必须来弟弟公司。"

她沉默了一会儿，然后叹了口气，对我说："我回到成都，自己去西南财经大学读了个函授本科文凭。在弟弟的公司里干了八年，亲眼看见了商场如战场的惨烈。弟弟公司的起起伏伏，让我这个做会计的姐姐夜不能寐，寝食难安。弟弟公司倒闭后，我又换了几家公司，还接了二十几个单位的兼职。好在我的女儿大学毕业工作了，我现在也彻底轻松了。人生也该缓一缓喘口气了吧。"

04

聊到婚姻时，王燕深深地吸了一口气。她说："与其说我嫁了一个男人，还不如说我嫁给了我自己。"

我沉默了，不敢和她对视。因为，听她这话，我怕从她的眼神里看见不幸福的影子。

我知道，从古至今，找一人共度余生，是很多人共同的心愿。可是，事与愿违，你以为爱情可以填满人生的遗憾，然而，制造更多遗憾的，偏偏就是爱情本身。

这句话听起来很悲壮，却一语道破了爱情和婚姻的真相。爱情和婚姻，从来都不是修复不完美生活的美颜相机，有时候反而是放大遗憾的放大镜。所以，无论哪一段感情，都可能有遗憾。

我说："不完美，才能追求更完美。"

她一直沉默，两眼望着窗外。窗外，两片金黄色的银杏叶正随风起舞，飞得很高，在文殊院的上空缠绵，这让我想起了《梁祝》。然而，灰蒙蒙的天空什么都没有。王燕也什么都没有，尤其是近二十年来，她就只剩下拼命工作了。

王燕说她不后悔，这是自己当初的选择，自己独自舔伤。她说婚姻没有对和错，只是两个系统不兼容。她只想给女儿保留一个完整的家，尽管这个所谓的完整是那么的不完美，但是她依然还是固守着、坚持着。

她常调侃自己，说在她的生活里：把女人当男人使，她自己又当爹又当妈，雌雄同体啦。

我也不敢多问。只觉得眼前这个女人，曾经应该是公主的命，却没曾想，通过她自己的艰辛努力，最终把自己活成了灰姑娘的角色。

是世道不公，还是命运多舛？其实都不是，可能还是她那十分执着和不服输的性格使然。回顾她的成长经历，我猛然发现：少女时代的她天真烂漫，幸福美满；青年时代的她，经历了求学的坎坷，走了一条崎岖蜿蜒的道路；中年时期的她，正在事业巅峰和婚姻的陡坡上攀爬和挣扎。她不甘平庸，每天积极去面对人生道路上的各种激流险滩。

现在，她是生活的弄潮儿，除了工作，高山大海、戈壁沙漠，到处都有她的身影。

她说她现在每天加班加点工作熬夜是常态，不在加班工作的路上就是在去戈壁的路上。她说她要努力工作到 60 岁，赚到更多的钱，积累更多的财富，才可以老有所依。她不能依靠男人，也没有一个可以依靠的男人。

她的业余爱好就是打羽毛球和户外运动。她曾经一个人驾车走 318 国道，开三天三夜去了西藏。她穿越了很多高山河谷，也登顶了无数座山峰。但她都不满足，她热爱上了戈壁，她对戈壁是一见如故，一往情深。

她说，生活本来就很冷漠，很像戈壁的性格。

她的爱情，也更像戈壁，冰冷、残酷、空旷。她之所以一次又一次地要去做志愿者，就是想给戈壁带去一丝温暖。

王燕说 35 岁那年，是她人生的一道分水岭，一边是努力工作，学习新的财务软件，学车拿驾照，考会计证和四级珠算证等；一边是做了一次身体手术。那一年，她经历了冰火两重天，就像炼狱，熊熊的烈火将她燃烧，然后再丢进冰窟冷淬，就像她曾经在技校学习过的专业那样，上帝也将她锻造成了今天的王燕。

那一年过后，她变了，变得更加坚强了。在工作上，她经历了一次大的飞跃。在人生道路上，她更是经历了一次巨大的涅槃。

王燕手术后，弟弟又跟合伙人分手了，单独创立了一家公司。她说她简直就是一个亡命之徒，手术过后第八天，就开始上班。公司所有的人都十分吃惊，说她不要命了。

她在弟弟的公司里一干就是八年。这期间，她学到了很多财务知识，学会了如何使用电脑做账，学会了会计电算化，学会了如何规划资金使用和融资等，也沉淀了非常多的经验。如今，她身兼数职，不但工作稳定，还接了二十多家的兼职会计业务。

05

就在我们快要结束谈话的时候，我的脑海里突然蹦出来几个奇奇怪怪的问题。

我笑着问王燕："假如当初你不辞职，继续在泸州文轩书店工作，会是啥样呢？"

她一下子站了起来，直摇头，嘴里大声地喊道："哎哟，那肯定会要了我的老命。"

我问："为啥？"

她说："你看我这性格，让我在一棵树上吊死，我会甘心吗？"

我又问："假设你还在重庆表姐的公司上班，你会是什么样？"

她说:"更不可能,我肯定早就没有做财务,而是跑业务去了。因为表姐的生意那么好,我不去挣钱,我会感到很郁闷。"

我说:"那如果你弟弟的公司一直顺风顺水,做得很大,你又会是什么情况呢?"

她十分淡定地回答道:"当我看过了商场上的尔虞我诈后,我才彻底明白了当初我母亲为什么非要我回到弟弟的公司。母亲从一个老财务的角度,早就预料到了未来要发生的许多事情。尤其是后来,我另外选了一家建筑公司上班,被安排到拉萨去分管财务工作,这让我更深刻地认识到一名财务工作者的职业素养必须高、业务技能必须过硬,才不会在风口浪尖上左右摇摆。"

王燕的一席话,让我的脑海里,突然浮现出一匹千里马的形象,不需扬鞭,即可奋蹄飞奔。她的路,就是她必然要走的路,就像事先安排好了的。

人生没有假设,假设的人生不是真正的人生。

我们每一个人要走的路,冥冥之中早已注定。王燕说很多人很多事,都值得回忆,但不必太过纠结,该放就放,该收就收。尤其是在她母亲癌症去世过后,她更加理解了生命的意义。

王燕说:"我最后一次从拉萨飞回来,在病房里陪伴母亲时,母亲对我唱了一首歌《儿要远行》。她是想用歌声来表达对我们的依依不舍,表达她对我们的爱。就是那次,我算彻底醒悟，那之后，我去了一次戈壁。我要去走，追寻灵魂的净化，寻觅生活的真谛。我去做志愿者，那完全是发自内心的。我愿意付出，因为付出才有收获。在所有志愿者里面，我是年龄最大的，我是所有人的大姐姐，我十分明白我在那个群体里面存在的价值和意义。所以，你看我做每一件事情，都有条不紊，这是我的职业习惯使然，是我多年来做财务工作练就的心态。我不是你口中所说的定海神针，我还真的达不到定海神针的那种高度，是你对我评价太高了。但是，我会一点一点地去修炼，努力让自己以后的人生更加灿烂。"

在结束对王燕的采访后，我的心久久不能平静，独自一人在文殊坊里面转了转。

我终于明白了王燕为什么要把办公室选在文殊院。原来，她表面看上去像大海，波澜壮阔，其实她内心深处，却平静如水。

夜幕降临，华灯初上，我还不舍离去，一个人静静地坐在文殊坊那棵古老的银杏树下，细数落叶。

少女时的她，就像那山坡上的蒲公英，孤独地绽放，吹她一口，才能够飞翔。

青年时的她，像一艘漂泊在大海上的孤帆，只要有风，她就会去远航。

现在的她，竟像一匹精力旺盛的千里马，随时想跑，想腾飞，而伯乐呢？

01

她就是爱英。

她的名字很好听，祖籍湖北，让人很自然地联想到洪湖水浪打浪那个地方。

还未见面时，我在星巴克的二楼就折腾了一番。我先是端着咖啡杯在大厅里坐了坐，觉得有点儿吵，我怕听不清楚她的讲述，影响谈话效果。于是，我就从室内移到二楼阳台上，坐了一会儿，给她发了微信，还故意拍了一张照片，告诉她我在露台上等她。

微风拂过面颊，阵阵寒意袭来，我又担心她会不会弱不禁风，便又起身，回到室内，挑了个靠窗很近的位置坐下，安心地等她到来。

远远地，她来了。

人未到，一副笑脸就先到了。我这才发现，原来我想错了，眼前这位素未谋面的女士，就像温暖的太阳，自带光芒。

我还没有来得及打招呼，她很快就坐了下来。我们竟然仿佛很熟，就像认识了多年的老朋友一样自然。

我对她说："你喝啥？自己下楼去点。"

她随手放下包和手机，十分听话地起身下楼，买了一杯咖啡上来。

我在想，这戈壁真的很神奇，把两个从未见面的陌生人就这样连在了一起。不就是在同一片天空下走过路、流过汗、住过帐篷吗？竟然用不着自我介绍，就熟悉得如同兄妹。

她双手握着咖啡杯，咧嘴欢笑。她说她祖籍湖北，父母早年支边去了新疆生产建设兵团垦荒。她是在新疆出生的。我这才开始认真地上下打量她。

她的眼睛很大，睫毛很长，乌黑的瞳孔像夜空里的星星，一眨一眨的，始终带着笑意，还真的有新疆姑娘的那种美。但她却是一位实实在在的汉族姑娘。

她的脸，看上去十分端庄干净，波浪形的长发，在两鬓处十分自然地夹在了耳后，再配上一件灰色的呢绒风衣和一条真丝黑纱裙，整个人看上去很大气，脖子上那条白色和紫色搭配的围巾，更令人想起了金庸笔下的赵敏。

她一张口说话，就更像赵敏了。尤其是她跟我聊天时夸张的手势，一下子让我颇感舒服。

我和多位女士聊过天，唯独这次不同，就像泛波大海，一会儿风平浪静，一会儿波涛汹涌，一会儿又风和日丽。

02

我们俩的聊天内容，是从她的少女时代开始的。

她说："小时候，我有自闭症。"

我的心咯噔一下，心想："这怎么可能？"我用十分吃惊的眼神看着她，半天没有开口。这是第一次，我和要采访的对象陷入了尴尬。

她笑了笑，又说："也不是你理解的那种自闭，就是性格内向，我自己觉得像自闭症。我的整个童年，都那样，敏感，自卑，经常一个人，默默地发呆。"

"你很孤独？"我小声地问道。

她点了点头，没有说话，只顾喝咖啡。

我问她："可是，从你现在的状态来看，你根本就是一个十分乐观的人呀！"

她哈哈大笑了起来，说："我给你讲讲我的故事吧！"

"我有两个哥哥和一个姐姐，我在家中最小，我五岁那年，母亲去世了。我哥哥姐姐比我大很多，我小的时候，他们都已经在工作了，所以，实际上，从小到大，只是我和父亲相依为命。小时候家里不富裕，但父亲很宠我，从来不会让我受半点委屈，我一直过着衣食无忧的生活。

"父亲不善言辞，只是每日默默地辛勤劳作。他工作认真负责，从不抱怨，是连队里出了名的老实人。父亲什么活都会干，放牛，种地，打土块，甚至在寒冷的冬季，他还会帮着连队里掏旱厕里的粪坑……那时候，我不懂事，总觉得这样很丢人，总觉得低人一等，时常感到自卑。

"后来，父亲中风了，这对他的打击非常大，从一个手脚利索、闲不住的人突然躺到床上什么都干不了。他接受不了，第一次对我发脾气。那一刻，我突然发现，父亲真的老了。曾经在我眼里，父亲就像一座山，力大无穷，无所不能，我从未想过他会这样。四年后父亲再次中风，我连夜赶回家，陪同守护他，整整六天六夜，没离开过医院，但父亲一直未醒，我们一直和他说话，他一直昏迷，不能言语，不能进食，连水都不能喝，嘴唇干裂，我只能用棉签蘸点水给他润一润，短短几天时间，他就从一个健壮如牛的人瘦成了皮包骨头，最后全身脏器衰竭……遗憾的是，父亲临终前始终没有睁开眼看看我，这是我一辈子的痛。父母在，人生尚有来处；父母去，人生只剩归途。子欲孝而亲不待的那种遗憾常在……"

说着说着，她哭了，我递给她一张纸。

慢慢地她平静下来，对我笑了一下，说："不好意思，让你见笑了。"

我说："没关系，我理解，这么说来，你跟你父亲感情很好啊，怎么会感觉孤独呢？"

她喝了一口咖啡，平息了一下，说："父亲不善言辞，很少和我交流，我虽然衣食无忧，但他并没有关心我在想什么，我就像一根杂草，自由地成长。

"我的学习成绩很好，但不擅交际，连队的人甚至不知道熊家还有一个四女儿。在学校三年，同学不知道我是谁，我是那种淹没在人群中很不起眼的那一个。

"我喜欢看书，看各种各样的书，喜欢看琼瑶的小说，也喜欢看金庸、古龙的小说。我是一个内心情感特别丰富的人，渴望被看见、被关注。那时候我以为扮演弱者就会有更多人关注我，所以，从小学到高中阶段，我无数次幻想过自杀的场景，就像小说里的悲情少女。"

我笑了，说她把书读偏了。她笑了："少年不识愁滋味，为赋新词强说愁！"

她说她当时就那个状态，觉得四周都是戈壁滩，四周的人也像戈壁滩那样冷漠无情。

我问她："那你很小就接触和认识了戈壁滩吧？"

她立马回答道："我就是土生土长的兵团二代啊，我父亲那一辈去垦荒，就是去开发戈壁滩和盐碱地的，才有了现在绿油油的粮仓。"

我附和道："你们父辈真的很伟大，我不敢想象那种困难程度。所以，你得理解你父亲。"

她说："是的，我现在非常理解父亲，也十分感激父亲和哥哥姐姐，正因为他们没有给我太多的束缚，才养成了我这种独立自主的性格，是他们成就了今天的我。"

我补充道："成就了你今天自由奔放的人生。"

她说："我觉得我的人生就是在一次次自我救赎中成长起来的。

我高中的时候，曾经暗恋过班上一个男生。那时候，我是多么多么希望他能够看懂我的心思。我每天都默默地关心他，关注着他，还为他写了很多的日记。可是，他从来不回应我。直到毕业的那一天，他在我的留言簿上写了一句话，我至今还记得他写的内容，他说：我们不是不可能，是我没有那份勇气接纳忧郁的你。那一刻，我顿时清醒了，所有的期待、痛苦一笔勾销。"

我说："他的留言刺激了你？所以，你要自我振作起来了？"

她点头说："是的，我少女的梦彻底破碎了。梦醒了，我的孤独感似乎也在慢慢地弥散开来。高中毕业后，我没有考上大学，但我突然意识到，我这样的性格不行，我必须改变。于是，我就大胆地给哥哥姐姐写信，让他们资助我上大学。"

我问："你为什么不给你父亲说？"

她说："那时，我父亲已经七十多岁了，我只能依靠我的哥哥姐姐了。后来，他们资助我自考了新疆大学中文系文秘专业。"

我说："你喜欢文学?"

她回答说："我喜欢文学，所以选择了读文秘专业。最重要的是我清晰地知道自己为什么上大学，因为我想改变自己，我也知道，我必须拿到毕业文凭才算对我哥哥姐姐们有个交代。我的记忆力超好，几乎可以过目不忘，读文秘专业，对我来说，没有难度。"

我对她竖起大拇指，为她当年的突然醒悟点赞。她说："现在想，如果没有当初那种强烈的愿望，我可能还在兵团，能干什么我也不知道。人生啊，就是这样，事先没有蓝图，究竟要怎么活? 没有谁事先知道。1998 年我毕业后，就在新疆 126 传呼台找了个实习生的工作，我的普通话还很流利，也很标准。我大哥让我去库尔勒找个公务员工作，我一想到要坐在办公室里看着报纸喝着茶，像老年人一样的生活，我就受不了，最终我没去。"

我问："你想远走高飞?"

她犹豫了一会儿，才说："2004 年，我去了上海。"

我又一次吃惊地看着她。问："为什么跨度那么大?"

她说："那时候，我在新疆的一家广告公司工作，干得还不错。后来我在 QQ 上认识了一个大哥，他是上海人，人很好，经常给我发各种关于广告方面的学习资料，还给我讲上海如何如何适宜年轻人发展。我突然觉得，世界那么大，我应该走出去看一看。所谓初生牛犊不怕虎，我说走就走，没给任何人打招呼就去了上海。"

我笑着问她："不会没有原因吧？一定还有什么隐情？"

她不好意思地说："毕业后，我要了个男朋友，人很帅，退伍军人，我们闹矛盾了。"

我说："就是嘛，你一定是另有原因的，才会突然去上海。"

她说："当然，也不全是因为他，我觉得我骨子里就像我的父亲，是一个闲不住、爱折腾的人。结果我去了上海，把先前 QQ 上认识的那个大哥给吓了一大跳。他也没有想到，我竟然会真的因为他的一句话就去了上海。不过，他人蛮好的，立即安排了他公司的人帮我寻找房子，还安排他公司的一个姐姐跟我合住，帮助我克服人生地不熟的窘境。"

我说："这世上，还是好人多啊。那时候，你人很年轻，又很漂亮，你有没有担心过遇到坏人呢？尽管这种概率非常小，但是，你一个兵团农垦区的小姑娘，没有任何过渡，一下子就成了'上漂一族'，不害怕吗？"

她说："哎，怎么可能不害怕呢？但我从小耳濡目染，看到我父亲的付出和勤劳，我相信只要我肯努力，就一定可以在上海立足。虽然我在新疆也做过广告，但上海不一样，一切都得从头开始，重新学习。我第一份工作的公司，很快就倒闭了。我换了第二份工作，是一家广告公司，我在里面写文案，到处拉广告，赚提成，我每天都在忙碌着，为了生活奔波，其实很迷茫，不知道未来在哪里。"

我问："后来怎么了？"

她说："可能苍天有眼啦，就在我离开新疆的时候，认识了我现在的老公。我们并不熟，但他很用心，经常关心我，嘘寒问暖的，安慰我，鼓励我，给我出主意。"

我说："拯救你的人出现了？"

她说："是的。"

我陷入了沉思。

是的，一个弱女子，孤身去闯荡上海滩，需要多大的勇气啊！

看着眼前的这个女人，我的脑海中浮现出那山坡上的蒲公英，生在贫瘠的土地上，孤独地绽放，无人知晓，无人赏识。其色素白，平平淡淡，不敢与百花齐放，不敢与牡丹争鸣，只能默默无闻地生长。

唯有山坡上的野风才是她的知音。吹一吹，她便开心。再吹一吹，她就翩翩起舞，独自歌唱。

03

人生的经历，就像一盏又一盏还未熄灭的灯，在徒步的过程中，重新被点亮了。

经过这次徒步，曾经那个爱英已经发生了彻底的蜕变。她不再沉默，而是变得落落大方、十分奔放、做事大胆、决策果敢了。

我笑着说："人生啊，真的很奇怪，你缺什么，上天就会给你补什么。"

爱英笑了，她点了点头，回答道："是的，你说得很对。童年的我性格内向，现在的我性格开放，就连我自己都感到十分吃惊。我身边的闺蜜和朋友，包括新疆的、上海的、成都的，她们都说我变了，变得连她们都快认不出来了。"

我说："其实，你的人没有变，而是你深藏心中的长期压抑的自信被激活了。你过去所有的经历和痛苦，就像还未熄灭的火种，都保留在那里，经过岁月的磨砺，岁月的风吹雨打，都没有被浇灭。你过去的痛苦，其实是你今天快乐的源泉。那些痛苦，是你人生的沃土，一点儿一点儿地滋养着你成长。"

她看着窗外，窗外起风了，高大的银杏树上，叶子也开始黄了。叶子在空中飞舞，就像她现在的心情。

她若有所思地对我说："是的，你说得很对。生活中，我毫无安全感。无论我在哪里，总感觉自己像一叶没有根的浮萍。

"还记得刚到上海不到三个月，我就又一次失业了。后来我进了另一家广告公司，项目和工作方式和之前完全不同，我发现自己是一个真正的广告小白。我初来乍到，没有朋友，没有人脉，一切又得从头来。除了勤奋和努力，我没有任何优势和特长。每天我都不停地打电话，约客户。炎炎夏日，顶着大太阳，穿梭在上海的大街小巷。

"我的启蒙老师是我的领导，她是一个特别温柔、优雅，特别有耐心的女人，和她相处如沐春风。

"刚进公司我什么都不懂，每天都会拉着她絮絮叨叨地汇报工作，她总是微笑地看着我，耐心地听我说完。每次约了客户，我也总喜欢拉着她陪我，哪怕明知道没有结果，她也总是陪着我去，没有一句抱怨和指责。那一段时间，我非常依赖她，有她在，我就觉得很安心。三个月后，我公司的大老板突然找我说，他觉得我是一个非常踏实、非常努力的人，虽然现在还没有开单，但相信我一定可以，所以要给我涨工资。那一刻我突然意识到，我必须尽快独立，否则我就对不起我的领导和大老板。终于，又过了三个月，我终于开了第一单，工作慢慢走入正轨。

"我过着充实而忙碌的日子，每天为了生活奔波。我也系统性地学会了广告策划和营销。我以为，我的生活会一直这样下去。

"可是，2009 年，我所在的这家广告公司倒闭了。我的人生再一次变得灰暗、晦涩，我感觉自己又回到了起点。同事们一个一个离开了，就只有我没有去处。

"我怎么办？怎么办？

"没有答案。

"夜深人静的时候，我躺在床上，望着窗外，独自流泪。

"我特别感谢我在上海的那一群同事和公司领导，他们给了我无微不至的关怀和安慰。特别是我的大老板，他是上海人，在他公司的这四五年，我们也并不是一帆风顺的。我跟随他亲眼见证了公司从小到大，倒闭又起来的历程。不管是在CBD的高档写字楼，还是在小弄堂里的两室一厅，他从不服输。我从他身上看到了一种能屈能伸的企业家精神，我视他为我的榜样。在我以后创业的路上，每当我遇到困难，我总会想起他。

"最令我难忘和感动的是在我最孤立无援的时候，我的老板安排了一次聚会，来的都是和我关系不错的同事和朋友。他们都是上海本地人，只有我是外地人，大家你一言我一语，都在为我建言献策！那一刻，我内心很复杂，很多人都说上海人排外，上海人很精明，但我，收获的都是满满的爱和感动。后来，我选择回到新疆，但我每年都会回上海看看我的朋友们，上海就像我的第二故乡。"

爱英似乎已经完全陷入了回忆中，我说："物以类聚，人以群分，你以真心待人，别人自然也会真心待你。"

爱英笑了笑，说道："是啊，我一直相信傻人有傻福。我相信这个世界上好人多。"

我问："那你为什么还是选择了回新疆呢？"

爱英沉默了一会儿，回答道："我有个客户，后来成了我很好的朋友，他们建议我去她公司做店长。"

我说："那很好呀。"

她摇了摇头，眼睛望着远方，若有所思地叹息道："此生啊，我还是很感谢我在上海的那一群朋友，特别是我的老板，在他自己都还处于低谷，前途一片灰暗的情况下，还不忘给我安排后路。不过，后来我还是没有答应，因为我不喜欢。"

我欲言又止，沉默地看着她。思绪又将她拉回到了那一段岁月。

过了一刻钟的工夫，她才又笑着对我说："你看，其实我也是蛮任性的，很多时候我更愿意听从自己内心的声音。"

"那你怎么办？难道不留在上海了吗？"我小声地问。

她说："后来呀，我现在的老公就出现了。那一段时间，我仿佛回到了儿时，那种孤独感，让我一度以为自己要抑郁了。唯一还有一个关心我的人，就是那个一直在家乡默默地跟我在 QQ 上聊天的男人。他是一个寡言少语的人，我们的聊天也不多，不过就是偶尔问候一两句而已。"

我问："那也没有理由为了他回新疆吧？"

她喝了一口咖啡，回答道："你知道吗？我是闪婚！"

我惊讶地问："闪婚？"

她说："是啊，闪婚！有一天晚上，我很郁闷，我真的不知道自己该何去何从了，很想找个人聊聊天，他又在 QQ 上打招呼了，我们俩开始聊天，大部分时间都是我在诉说我的烦恼、我的迷茫，他就在那一端，静静地听我说。"

"他对你的好，感觉就像春风拂面？"

她点了点头，回答道："你说得很对，他给我的感觉就好像我先前的女领导一样，让我觉得很温暖、很安心。"

我问她："然后呢？"

她笑着回答道："然后，我们就这样一直聊一直聊，我在 QQ 上问他我究竟该怎么办？他说那就回新疆来吧。我问他回新疆来干什么？他说结婚。我说跟谁结婚啊？他说跟我结婚呀。"

"那你当时是什么感觉？这个男人靠谱吗？"我不敢笑，一脸严肃，感觉她在给我讲述一个荒诞不经的笑话。

但是，爱英却笑了，脸上露出了一束光。她说："我当时就问他你这是在求婚吗？也太随意了点吧？他说他是非常严肃的求婚。"

"你就答应他的求婚了？"

爱英点了点头，回答道："那天晚上，我失眠了，我在床上翻来覆去，睡不着，一会儿坐起来，一会儿又躺下。在 QQ 上认真地阅读我们的聊天内容，分析他说的是不是真心话，我在猜测他的诚意究竟有多大？我把我俩之前的聊天内容全都浏览了一遍。最终，天刚蒙蒙亮，我在 QQ 上对他留言：好，你求婚成功。"

我笑了，心情也跟着她兴奋了起来。

我问她："你就飞回去了吗？"

她摇了摇头，说："我还没有那么急哈。我问他，要不要我在上海顺便把结婚戒指也带回来？他说可以，你去挑选一下吧。我想考验一下他的诚意，我说我没有钱，结果他就立即给我转了钱。当时我也蛮惊讶的，我发现他是一个简单、真诚、靠谱的人，或许，这就是我想要的那个人吧。于是，我飞奔到南京路上的一家金店，挑选了一枚婚戒，处理好上海所有的事情，回到了乌鲁木齐。"

说到这里，爱英的眼睛亮晶晶的。

我在心里也默默地祝福着她。

她说："结婚之后，他对我真的很好，什么都听我的，他给了我前所未有的尊重、包容和宠爱，让我感觉到无比安全。"

我说："这下你安定下来了吧？不再像浮萍，不再像山坡上的蒲公英了。"

她显得十分高兴，说："我觉得自己之前的压抑被治愈了，我的天空不再灰暗，想要展翅高飞，但内心很安定，因为我知道，无论何时，只要回头，我就能看见他。"讲完这一段过后，她就大口地喝着咖啡，仿佛积压在她胸中的故事，像一块巨石给搬开了一样轻松。

婚后，她生下孩子，小日子过得十分甜蜜。为了照看好孩子，她在淘宝上面注册了一家小店，专门销售自己亲手编织的围巾和帽子。

她一边带孩子一边编织，生意很好。很多时候，她都会一个人熬夜到凌晨两三点。

那段时间，她说她很幸福，丝毫不觉得辛苦。网络上不断地接到订单，也有不少的留言鼓励，好评如潮。

她说："记得有一天深夜，一个以前的顾客给她留言说：'亲，你编织的围巾很温暖，也给我带来了好运。我送给我女朋友的围巾，她非常满意，我觉得是你的围巾链接了我们俩的姻缘。谢谢你哦！'那一刻啊，我的眼泪瞬间流了下来。我想，我的辛苦和努力，终于被别人认可了，我的人生价值也获得了他人的肯定。在这之前，我对自己的人生总是否定的。"

爱英一边说，一边手舞足蹈起来。看得出来，她此刻愉快的心情，达到了巅峰。或许，她的自信，就是从那一刻开始生根发芽蓬勃生长的。否则，她一定还会禁锢在少女时代的自闭和流浪上海滩的阴影之中。

这让我想到了电影《阿甘正传》里面，阿甘的母亲说过这样一段话：人生，就像一盒巧克力糖，你永远不会知道下一秒吃到的是什么。

是的，我们的人生，通常充满了迷茫。

迷茫，是人生的常态。只有经历了迷茫，才能领悟成功之道，才能磨炼出高贵的灵魂，才能彻底理解人生的真谛。

此刻，坐在我面前的爱英，就像大海上的一艘帆船，正鼓足劲儿，扬起风帆，准备逐波斩浪，一往无前。她告诉我，无论前方有没有暗礁和风暴，她都毫无畏惧了。因为，在她的身后，有一个默默支持和认可她的丈夫，还有了一个幸福温馨的家庭。

04

天色已晚，夜幕低垂。

白天的成都，显得过于呆板。唯有夜色下的成都，才光影流荡，五颜六色，大街小巷到处充满了烟火气。

有人说，来了成都就不想走。

爱英就是那个极端、疯狂地喜欢上成都的人。

我问她：你为什么想到来成都了呢？

她笑着说："因为我最好的闺蜜！"

我有点惊讶："我只听说有的人换地方是为了爱情，或者为了发展，或者为了学业，你却是为了闺蜜？"

她说："我闺蜜是我的大学同学，她是一个特别仗义、特别有担当的人，我俩的性格差异很大，就像那首歌里唱的'一个像夏天，一个像秋天'，但是我们却成了最好的朋友。"

我说："她对你的影响很大？"

她说："是啊，从大学开始，我俩就有一句人生格言：生命在于折腾！大学毕业以后，我去了一家传呼台实习，其间我身无分文，穷得叮当响。她和她男朋友开了一家中介公司，刚刚起步，也没有多少钱，但是，每隔三五天，她就会主动给我十块钱，钱虽然不多，却帮我度过了最艰难的时光。"爱英低下头像是自言自语道："她是个非常善解人意的人，从来不会让我难堪。"

我说："你还真是幸运啊，遇到的人都很好。"

爱英笑了，俏皮地眨了下眼睛，说："因为我是个好人啊。"

我点点头。

她又说道："后来她来了成都，我去了上海，虽然这么多年，我俩没有在一个城市，我俩却始终惺惺相惜，思想也总能出奇的一致。"

我说："能遇到如此同频的人不容易啊。"

她说："是啊，所以我很珍惜，也很感谢她。这些年，无论我是好是坏，她都是最好的听众、最有力的支持者。"

我感叹道："人生有这样的一个知己，足矣。"

她说："是啊，所以，当我想离开新疆的时候，第一个想到的就是她，成都是我的不二之选。"

我问："那你就不担心拖家带口来到一个陌生的地方，适应不了吗？"

她说:"当然,选择成都,也是出于家庭的考虑,孩子一天一天地长大了,在哪儿上学这个问题越来越迫在眉睫。我就是被教育资源匮乏耽搁的人,绝对不能够再让自己的孩子也走上老路。"

我问她:"那你说走就走,你老公同意吗?"

她说:"一开始我也担心他会反对,所以没跟他商量,我就开始在手机上预订机票,并且委托闺蜜帮忙寻找学校和租房子。我把这一切都办妥当了,才笑眯眯地给刚下班回家的老公说的。"他说:"既然你都已经决定了,那咱们就去吧。"

我说:"你老公真的很宠你!"

她有点害羞地说:"是的,他对我很包容,只要是我决定的事情,他通常都不会反对,我也曾经问过他为什么对我这么好,他说,'婚前,我曾经承诺过,你人生中所有的重大决定,都由你来做主。我不反对,绝对支持你。'"

我笑着说:"看得出来你现在很幸福!"

她也笑了,说:"是的,我觉得自己有根了。"

"我很好奇,你从小在戈壁滩上长大,为什么还会选择去戈壁徒步呢?"我问她。

这一问不要紧,一下子让她打开了话匣子。

她说:"我也没有想到自己会去戈壁徒步,但我觉得人生就是一场不断遇见更好的自己的旅程。曾经的我,一直在寻找未来的方向:我曾一个人闯荡上海滩,从身无分文到月薪过万；我曾做过各种上门推销、玉器销售、广告销售；我曾一边带着年幼的孩子，一边夜以继日地织着围巾，每天只能睡三四个小时……

"我的人生起起伏伏，一次一次重启，但是我觉得人生每一步都走得坚定！冥冥之中，老天自有安排。

"结缘嘉丽邦，是源于十年前的一个梦想，那时我在新疆的一家服装公司工作，我们就希望能够通过专业的服饰搭配，演绎每位女性独一无二的美，帮助更多的女性变得优雅、时尚、自信。但是，这是一个漫长而艰难的过程。

"一个偶然的机会，我来到嘉丽邦，我了解到嘉丽邦是一个线上商城和线下体验相结合、服装和教育相结合，以服饰为平台，以女性内外兼修、魅力成长课程体系为核心打造的一个中高端女性的时尚圈和事业圈。

"短短一年多，嘉丽邦就从一个150平方米的街边小店，发展成为一个拥有1000多平方米的全国运营中心，拥有4家公司，上千位会员，10多位签约导师，5家加盟店和1家直营店。

"那一刻，我心潮澎湃，这就是我们当初的梦想啊，这是我们用了十多年也未曾实现的梦想啊！

"我很好奇，这到底是怎样的一群人，怎样做到的。于是我走进嘉丽邦，深入她们中间，细细地去了解，去感受，去融入。

"第二次来到嘉丽邦，是第五届千人走戈壁英雄分享会。

在这里我看到了一群人，他们热爱生命，充满活力，说起戈壁时每个人都眼神发亮，充满了热情和向往。我很惊奇，这似乎和我从小生活的那个戈壁滩不太一样，我想去看看，于是，我第一个报名参加了第六届千人走戈壁活动。

"这一个简单的决定改变了我的人生轨迹！

"从来不运动的我，为了去戈壁徒步，每天早上第一件事，先出门跑五公里，一整天，都活力满满，精神状态完全不一样。

"我只是换了一种生活方式，却意外地换了一个生活圈子。慢慢地我结识了一群积极向上、充满正能量的朋友，我们约着一起跑青龙湖，跑浣花溪，一起去东湖公园画玫瑰，一起去爬龙泉山……这是我以前没有体验过的生活。我发现，当你学会了如何生活，你就拥有了一个有趣的灵魂，你会爱上生活，爱上自己。

"戈壁徒步回来，我的心态、我的圈子、我的事业，都发生了巨大的变化。

"我从一个不敢定目标，遇事瞻前顾后的人，变成了一个做事干脆利落，行动力超强的人。走过戈壁大漠 108 公里，我浑身的细胞像被激活了一样，什么都想去尝试。攀冰很酷，我想去试试；跑马拉松很牛，我想去试试；高空跳伞很刺激，我也想去试试。我开始怀着一种开放的心态接纳更多新事物。

"我发现人生没有什么不可能，只要你用心去做并为之努力和坚持。

"生活，可以有千万种有趣的活法。

"我爱上了戈壁，在那四天三夜里，我感受到自己真实地存在，真实地活在这个世界上，发现自己内心深处的另一个自己。

"戈壁徒步也给我带来了事业上的转机，你知道吗？我现在负责体育公司，我们还有一个七色跑团，越来越多的人跟着我们一起跑步。我的格局和梦想在不断地放大，我不再单纯地只是为了自己的健康而跑步，我想把这种健康积极的生活方式带给更多人，将价值观和兴趣爱好相同的伙伴们聚集在一起，建立起你我生活的群体，彼此发声、支持、学习，为大家创造良好的生活氛围，用实际行动影响周边的伙伴。"

本来，我们的话题该结束了，马路上早已车水马龙。但是，眼前的爱英却总有一股魔力，她像一个演说家，滔滔不绝，意犹未尽。

我笑着问她："说一说你对未来的规划。"

"我想成为服装美学导师，因为我发现我们买过很多衣服，却未曾买到美丽；我们学过很多知识，却不一定能应对人生。生活中不缺让你变美的课程，但未曾有人真正解决每个人心中如何变美的问题。曾经的我深受其苦，我现在明白，仅有外在的美丽是不够的，内外兼修才能美出尊严，美出气魄。在这里，我看到很多姐妹和我一样，不断地成长和蜕变。我从海峰老师身上看到了方向，一种力量、一种大爱和一种情怀，所以我想成为一名服装美学导师。我也想像她一样，把爱和美带给更多人，我要把我的蜕变和成长分享给更多人，我要站在舞台上，开始引领他人。"

"另外，我想成为一名优秀的健康管理师。我父亲的离世是我心中一辈子的痛，每当我想起他躺在病床上，浑身插满管子，不能动弹的样子，我就心如刀割，我不想再看到我身边的人遭受这样的痛苦，所以，我考了健康管理师。过去，很多人都默默地帮助过我，成就我，今天，我要用我的专业去帮助他们。"

"同时我也想感召更多的人去戈壁徒步。因为戈壁徒步，才有了我现在的一切，戈壁徒步绝不是简单的走路，而是去修心、去修炼、去磨炼自己的意志。放下，坚持，超越，重生，我希望帮助更多的人找回内心的那份力量，绽放精彩的人生。"

"我希望我最终能够践行那句人生格言：生命在于折腾。把自己的人生，活成值得纪念和骄傲的人生，不给自己留遗憾。"

爱英还沉浸在对未来宏伟蓝图的憧憬之中。

我不忍心去打断她，我认真地聆听着，内心莫名感动。

我眼前的这个女人，早已不是二十年前她所描述的那个既青涩又自闭的少女了。

她成熟、霸气。想干一番伟大事业的雄心，让她激情澎湃。

她知性、高雅、端庄大方。想把自己前半生经历过的所有磨难都抛在脑后，让其随风而去。

她像一匹千里马，精力旺盛，理想高远。总是不安于现状，她正在主动出击，等待伯乐的出现。

看得见的路好走，看不见的路不好走。

脚下的路好走，心上的路不好走。

这次来戈壁徒步，她是带着使命和责任感而来的。

她终于活成了她自己。

01

我第一次认识何国茹，是在戈壁徒步的第四天。

那天，我们出发很早，月亮还高悬着，满天的星星像万家灯火一样，将整个戈壁照得透亮。但凌晨的戈壁很冷，零下几摄氏度的样子，冻得每一个人都瑟瑟发抖。人们张口说话时，牙齿都在咯咯咯地相互碰撞，发出来的声音也略带颤音。

我穿好衣服，走出帐篷，看了一下时间，凌晨 5 点。那些穿红色衣服的志愿者们已经在挨个拍打着帐篷，他们在急促地唤醒每一个还在沉睡中的人。当然，营地上的高音喇叭也早就响了起来，正循环播放着《我的好兄弟》。

那首歌，在戈壁时听着很烦，回到各自的城市后，又很想念。有时候，听着听着就会流泪。

我没有刷牙，也没有坐下来吃早餐，因为时间来不及了，总指挥袁艺桐那熟悉而沙哑的声音正在一遍又一遍地呼喊着各战队队长的名字，催促大家赶快到旗门口集合。

马上就要出发了，这是最后一天，也是新的挑战的开始。我的腿还很酸胀，脚底的泡也还隐隐作痛。但我的精力已经完全恢复了，不再有昨晚回营地时的那种累了。

我站在熙熙攘攘的营地中间，四周打量了一番，十分留恋，十分不舍。一种失落感，突然就袭上了心头。

我自言自语地说道："别了，戈壁！明年，我还要来看你！"

人群陆陆续续地向营门口聚集，大家都蒙面，浑身上下裹得严严实实的，只露出两只眼睛。由于是最后一天，徒步的路程不是很远，但听说路不好走，几乎都是沙漠。所以，大家在经历了前面三天的长距离徒步过后，显得既兴奋又有点儿担忧：兴奋的是，前面几天都熬过来了；担忧的却是，沙漠踩上去会深一脚浅一脚。因此，所有的人都做好了充分的准备。各队的队长和志愿者又开始挨个提醒带齐装备、收拾好东西。

而负责搭建营地的保障队也很积极，还没等所有的人离开，他们就开始拆帐篷，帮助我们搬运驮包了。那场景，看上去紧张而有序。

我们仿佛是要出征去打仗一样。

我戴了头灯，灯光开得很亮，但还是找不到我所在的队究竟站在哪里。于是，我就在一列列的人群中间不停地穿梭着，两只眼睛骨碌碌地搜寻着我的队旗。

发令枪响了，队伍出发了，我就像一粒石子儿一样，被人群簇拥着，朝着旗门口跑去。

我没有找到我的队伍，但我不害怕，因为人很多。我想，只要我把企徒体育当成一个战队，那我就永远没有掉队。我知道这是在自我安慰，但在这茫茫戈壁滩上，也只能这样安慰自己了。

大约走了一个小时的样子，天空越来越亮，太阳仿佛要出来了，地平线上出现了一抹红晕。

出发时，十分拥挤的人群早已经拉开了距离。

我开始孤独地走，一个人低着头看路，并用手杖在柔软的沙地上，画着歪歪扭扭的直线。戈壁的风很大，但再大的风声也掩盖不了我脚底下发出来的沙沙声。

正在我颇感无聊的时刻，有两个人从我身旁走过。一男一女，男的肩膀上挂了个小音响，女的拉着男人的手杖。音响里面循环播放着音乐，是周晓鸥唱的《戈壁天堂》。

我立即加快了脚步，追着音响听。

那歌词特别应景："又看尽沧桑，无关迷惘。在大漠边疆，找海洋。都曾失望被误会一场，挑破过往，让欲望酿成信仰，让嘲笑回航。我生来倔强，不懂假装，横冲直撞，让欲火怒放。你不懂，雄鹰就该翱翔……"

我觉得很好听，便凑上去和他们搭讪。

我问："你们俩是哪个战队的?"

小伙子没有搭理我，他正沉浸在音乐里面。

拽着拐杖的女人朝我笑了笑，回答道："二营，房车战队的。"

我又问："音乐真好听，我们一路同行，可以吗?"

女人点了点头，十分爽快地回答道："可以呀，完全没有问题。"

就这样，我跟着他们俩，一边听音乐，一边和她聊了起来。

我问："你们来自哪里?"

女人回答道："我来自成都，他来自北京。"

我兴奋起来，大声地喊道："啊? 我也来自成都，咱们是老乡啊!"

女人也颇感兴奋，回头说道："缘分啦，在戈壁上还能够遇见老乡。"

我说："其实，听说成都这次来了很多人，但我一个都不认识，也不知道他们都在哪些战队。"

那女人迟疑了片刻，回答道："是的，这次是来了很多人。出发的时候，我们队本来有三个成都的，但临到出发前，她们又说有事，就不来了，延期了。"

我笑着说："所以，你们队就你一个成都人了? 你叫啥名字?"

她伸手指了指帽子上的徽章，让我自己看。

02

我看了，她叫何国茹。

我问："你做哪行的？"

她笑着回答道："跟动物打交道的。"

我以为她在开玩笑，便没有接话。毕竟，来戈壁徒步的人来自各行各业，而像我这样的老文艺青年很少，很难找得到谈话比较投机的人。

我决定默默地走开，不再开口说话。

她看我没有开腔，便回头看了我一眼，奇怪地问道："难道你不相信我？"

我问："相信你什么？"

她说："我在新希望工作。新希望，你知道吗？"

我点了点头，回答道："做房地产的大企业嘛。"

她说："新希望，做饲料起家的，后来才做房地产开发和金融。还有很多产业，不过，饲料才是主业。"

我哦了一声，算是对她的回应。

"今年，我亏了不少钱，都是我那校友给出的主意。"

"我的一个校友是学畜牧专业的，教动物学，他年初给我支招，喊我在我老家的果园里散养了几千只鸡、几千只鹅，还有二十多头巴马香猪。他告诉我一定要按照他提供的方法饲养，结果鸡死了一大半，鹅还好，但也不怎样。尤其是那一群猪，才把我害惨了，卖又卖不出去。"

她见我不说话了，便主动凑过来，对我说："我四川农业大学毕业的，学动物营养学的，在新希望工作了十七年了，是资深动物营养师哦。"

我回了她一句："算了吧。你们就会骗人。"

她停下脚步，一把拉下魔术头巾，把脸露了出来，一脸迷茫地望着我。一直走在前面的那个小伙子也停下了脚步，回头望着我们俩。

我这才看清何国茹的真实面目。她戴了一副金丝边眼镜，看上去就像一个很有学问的人。因为，她的眼镜已经在她的鼻梁骨上面压了一道深深的凹痕。

她略带愠怒："谁骗你啦？"

我继续阴阳怪气地说道："哎，你肯定没有骗我。但是，我劝你，做你们那行的，一定要有良心，不要光想着赚钱。"

她问我："此话怎讲？你是搞养殖亏了吗？"

我说："是亏了，但我亏得起。这年头啊，农业才是一个大坑儿。而农业里面，养殖的坑儿更大，就像一个黑洞。而你们，就是制造那个黑洞的人。"

她生气了，但看得出来，她是忍住了。她的修养，在那一瞬间，变得像地平线上的太阳。

她语气温和地问道："我算听出来了，你对我们这行有成见。能否说给我听听呢？"

我气呼呼地继续往前走，想甩脱她们，也不想把隐藏心里很久的怨气发泄出来。但是，她却没有放弃。她丢掉拉着的手杖，三步并作两步就追上了我。

她说："既然咱们是老乡，我这次来戈壁徒步，也是带着思考来的。干我们这一行的，也很委屈，很多人不理解，对我们有意见，尤其是一些小养殖户。你给我讲一讲，让我来给你打开心结。"

我问："你想听什么？"

她说："讲一讲你的养殖故事吧，多大规模？在哪儿养？怎么养的？究竟发生了什么？"

我暂时消了气，思索了一下，才对她说："我 2015 年在老家承包了 200 亩地，搞了一个果园。本来，我的初心是想帮助一下大姐二姐两家人，顺便自己以后还可以回家养老。我在果园里面修建了一个 300 平方米的钢结构玻璃房子，准备做一个坐落在果园里面的乡村民宿和乡村书院。我自己还做了文化构设，计划打造一个以金庸小说为主题的武侠风格的农庄。可是，几年下来，果园一直在投入，果树也全部挂果了，但就是卖不出去。因为我不准打农药，完全按照原生态的传统方法进行管理，结果，挂果很好，但就是生虫。几乎每一粒果子，表面看上去很光鲜，一口咬破，里面就有虫。所以，根本就卖不出去。"

她插话问道："那跟养殖又有什么关系呢？"

我回答道："本来，我的果子卖不出去，也就算了嘛。大不了我每年就只投入了果园的土地租金和两个人的工资吧。可是，去年我的一个校友知道了这事儿，他是学农的，就主动给我打电话，说要来帮我看看，找一找问题究竟出在哪里。我想，人家也是一片好心，就答应了。他来果园里面转了转，实地考察了一遍，然后就给我说，你这么好的场地，果树也长得很高了，果子又卖不出去，生虫，没有人买，即使有人买，你还得负担快递费用。你完全可以搞林下养殖。我问他，林下养殖有前景吗？我所说的前景，就是能否赚钱。他十分肯定地给我说，前景非常好。尤其是在林下散养高档黑鸡和散养猪，市场上供不应求。去年非洲猪瘟过后，猪肉的价格嗖嗖嗖地上涨，你不抓紧时间养，可就失去机会啦。我问他，我没有技术怎么办？他给我说，他懂技术，可以免费指导，种苗和饲料他也可以提供。于是，我就听信了他说的话，今年年初，我就大张旗鼓地上了该项目。"

何国茹听了，回头看着我，说："你那校友也没有错呀！"

我说："哎，等我把鸡苗鹅苗和母猪买回去了，我才发现，我那个校友给我说的不是那么一回事儿了。他就是为了卖饲料和兽药，所以他才极力鼓动我上这个项目的。实际上，在技术方面他也没有进行指导，刚开始的时候给他打电话他会接，但后来就不耐烦了。后来，我的鸡死了一大半，鹅还好，没怎么死。可是，问题又来了，怎么卖出去呢？事实上，市场上对散养的鸡鸭鹅猪是有需求的，但是价格也并不是他所说的那样。现在的客户啊，在互联网上捡便宜惯了，都要求我免费快递。你不知道啊，我卖一只鸡出去就亏二三十。那些鸡鸭鹅很吃得，价格低了你不想卖，因为卖一只就亏。如果你不想法卖呢，每天就要消耗几百块钱的玉米。两难，还真的是进退两难啊。后来我去找他，想跟他喝一次茶，再详细聊一聊，但是，他不接我的电话。我散养的几十头猪，也不好卖。看来，今年过年就只好自己吃了。唉，我真倒霉！"

何国茹："你认知上出了问题。"

我吃惊地问她："此话怎讲？"

她说："今天，我们都在赚认知上的钱。过去的传统的固有思维，就是你的认知没有跟上时代。你是学什么专业的？"

我回答道："我学外语的，现在是一名自由作家。"

她哈哈哈地笑了，说："怪不得你对我们有成见，原来你是靠想象力赚钱的人。"

我也被她的幽默给逗乐了。问她："你的意思是说，还是我自己错了吗？"

她回答道："你也没有错。只是，你脑子里面想的和你那校友给你讲的，没有达到高度的融合。他讲的是一套理论，你没有消化。你幻想了一个美好的结果，又实现不了。

所以说，你在认知上就出了问题。到头来，你没有从自身去好好总结，而是把你的不好的体验感全部怪罪于我们这个行业了。不是每一个人都像你想象的那样坏，当然，也不是所有人都像我所说的这样好。关键是，你自己是怎么去看待一件事的。"

我被她几句话给呛住了。

我无言以对，只好低头走路。我不得不对她所说的认知问题进行反复的思考。

到补给站了，她一屁股坐在地上。我看她实在是累得不行了，便递给她一个苹果。

我自己也拿起一个苹果开始啃，可脑子里面却始终在思考她所说的认知问题。

我双眼发直，两眼紧盯着手里咬了一口的苹果。

她也看着我手里的苹果，笑着问我："想明白了吗？你还认为你吃的仅仅只是一个苹果？"

03

从补给站出发，我们又开始上路。

一直跟随在旁边的人叫何科，他早就停止了播放音乐。尽管他蒙着脸，但我还是从他的眼睛里面看到了真诚和友善。

先前，他一直沉默不语，埋着头，走在我们前面。

这时，他插话道："你懂文学，不懂科学。她懂科学，不懂文学。我看你们俩怎么才能够聊到一起？"

何国茹告诉我何科是做 IT 的，公司在北京，他负责西安分公司。我看了他一眼，感觉小伙子长得很帅，也很干练，是很有担当的小伙子，他一路上都在用手杖拽着何国茹。

何国茹说："你的认知还停留在过去几十年传统的养殖上面。所以才导致了你今天的失败。人的认知，是每一天都在变化的。"

何科立即纠正道："不，姐啊，认知这个东西，是每一秒都在变化的。人的认知跟流水是一样的，上一秒的你跟下一秒的你，是不一样的。昨天的你，跟今天的你也不一样。为什么？因为你的思想在变化，你刚才吃了一个苹果，你就不是没有吃苹果时的那个你了，因为你肚子里就多了一个苹果，你的思想里面也有了咬了一口苹果留下的印记了。打个比方吧，刚才我一直没有说话的那个我，跟现在正在跟你们俩说话的这个我，是完全不一样的。我变化了，是因为我刚才听明白了你们俩的聊天内容，我消化过后，我就不是我了。"

何国茹："是的是的。哲学太高深了，我也不懂。但我自己的专业，我干了几十年了，我还是很懂的。"

我对何科说道："看来，你不但懂科学，还懂哲学？"

何科摇了摇头，回答道："我这不叫懂，皮毛而已。刚才，我听了你的讲述，我也觉得你的认知需要改变。至少，你在做那件事情之前，没有很好地去思考和研究，而那是需要一个过程的。科学就是科学，必须要有敬畏之心，就像我搞IT一样，一个很不起眼的数据，我们都要反复去论证和修改，不断地去试验，不断地去检验，最终才能够得出结论，然后再去推广和应用。"

我点了点头，回答道："是的，我们文科生是有这个缺点，总是凭借自己的想象去做事。听你们俩这样一说，我倒还觉得真的是自己的问题了。"

何国茹哈哈大笑起来，高声说道："肯定呀。我给你从专业的角度分析：第一，你对现代养殖是持排斥的态度，对传统养殖表示认可，那是因为你至今还没有去了解现代养殖；第二，传统养殖不好的地方是病菌、微量元素、环境等无法精确控制，而现代养殖，早已经突破了，尤其是在饲料里面的营养成分、养殖环境、微量元素等的科学搭配方面，获得了非常大的提高；第三，你对市场的认知也存在问题。传统养殖肯定不能够满足人民群众日益增加的需求，而现代养殖，规模化、现代化、科学化，已经非常成熟了。"

我十分迷惘地望着她。她继续说道："当然，你所希望的传统养殖，那也肯定有一定的接受人群。比如，曾经在农村长大的"60后""70后"，他们的脑海里还有家家户户养殖一头猪过年的习俗，那些猪全部吃的苞谷和红苕长肥的。但是，你知不知道？过去农村养肥了的猪，其实营养成分是不均衡的。第一，如果全部都是玉米红苕喂养大的，那一定是脂肪多，瘦肉少。而瘦肉少，蛋白质含量就少。第二，过去农村的养猪条件很差。你敢保证喂给鸡鸭鹅猪的玉米没有腐烂吗？而腐烂后的食物喂给动物，动物体内就会产生各种对人体有害的病菌残留。第三，传统的养殖，是否都做到了定期的动物检验检疫和疫苗注射呢？没有，肯定没有，因为条件不允许呀。你知道一台检测农药残留的设备多少钱？哪个散养户购买了？就连很多县上的农业局都买不起，何况是像你们那样的散养户。而规模化养殖不但购买了各种仪器和检测设备，我们购进的每一粒玉米和大豆都是经过各种精密仪器严格检测后，再经过十几道加工程序，最终才能流入市场。哪像你们那样简单呢？你告诉我，你买回去的玉米干湿度是多少？黄曲霉菌是否超标？这些数据，你知道吗？养殖啊，看上去很简单，其实非常难。我在这个行业里摸爬滚打了快十七年了，我现在是国内资深动物营养师，我都还如履薄冰、战战兢兢呢。"

何科补充道："是的，钻研得越深，胆越小，越害怕。"

"不，是敬畏。我现在不是怕，是很敬畏我这个职业，也更尊敬我这个行业。"何国茹补充道。

我无言以对，更无颜以对，感觉自己在两个理科生面前哑口无言了。

何国茹继续说道："对职业的敬畏，我到新希望这十七年，那真的是瞌睡都睡不踏实。毕竟，我要负责全国十几个省的饲料厂和国外几十个国家的饲料厂的配方。任何一个地方都出不得差错。一旦出了差错，那就不得了啊，会出大问题的呀。记得我怀第二个孩子的时候，我是挺着个大肚子到处跑啊，跑饲料厂，跑养猪场。我的工作，就是巡检饲料配方，然后下沉到养殖户，去实地了解和考察动物吃了我们的饲料后的生长情况，还要做记录，并抽样检测。那时候，我无法像其他妇女一样休产假，我从医院一出来，就带着保姆去上班。我蹲守西北五省 9 年啊，每一个饲料厂都留下了我儿子和保姆的足迹。要说对工作负责，对职业敬畏，那我儿子应该是最能理解的了。因为每一次我出差，保姆就跟着我，我检查完养殖场一出来，保姆就立即抱上我儿子过来吃奶。像我这样的母亲，全世界还找得到几个呢？"

何科向她竖起了大拇指，嘴里夸赞道："今天听说了，很佩服你！你是心中有大爱的人！"

何国茹："不仅仅是大爱，还有使命和责任。你们想，中国有十几亿人，每天都要吃肉啊。过去，咱们国家穷，没有多少肉吃。现在，生活富裕了，物质丰富了，餐桌上每天消耗掉的禽肉食品数据是非常非常大的。而保证食品健康，才是我们最大的使命。"

我问："那你的意思是说，吃饲料长大的禽畜类比散养的还要健康吗？"

何国茹："这是两个概念。散养户如果愿意按照我们的饲养条件去做硬件建设，并严格按照我们提供的饲养标准和流程去做，养出来的动物，那也是健康的。关键是散养户做得到吗？"

我点了点头，回答道："你这样说，我慢慢地就理解了。过去，我只是停留在我对过去农村养殖的记忆上面。"

何国茹："所以，你赶快停掉你的养殖。重新思考和定位。现在国家虽然在鼓励，但是也要按照科学的方法去饲养啊。你说你果园里面的鸡死了很多，打了几次疫苗？是否按照正规的途径在购买鸡药？并且，散养户的工人绝大多数都是农民，没有文化，他们懂吗？听话吗？养殖这个行业呀，前端很好控制，就是养殖末端不好管理。国家下定决心出台了无抗饲料的政策，就是要严格控制养殖户滥用抗生素。你知道，抗生素残留多了，一旦进入人体，那就会对健康造成极大的伤害。"

何科问："姐，那国家全面禁抗以后，如果禽类和畜类生病了咋办啊？"

何国茹："我们正在研究并试验新的方法，多管齐下，多头并进，寻找到最合理、最佳的控制家畜家禽疾病的措施出来。比如：一、饲料发酵，提高有益菌的含量，消除抗营养因子；二、中药材提取物；三、微生态制剂，增加益生元，益生元就是微生态的前端，是对肠道有益的，现在中国是采用玉米发酵过后的提取物；四、酶制剂，果胶酶、纤维素酶等，可以降低腹泻；五、酸化剂，柠檬酸、果酸、苯甲酸、杀菌酸等，是对肠道有益的。这些措施一旦得到突破，那以后人民群众就更加放心了啊。过去，我们追求简单高效，一个字快。但是，快不是最终结果，最终结果还是健康。所以，这一次非洲猪瘟，让中国的畜禽养殖业得到一次飞跃式的提高；国家和龙头企业都下了大力气来解决这个问题。既要保证规模上得去，还要保证健康地流向市场。"

　　她还在滔滔不绝地讲述着，可是我却听得满头雾水。毕竟，隔行如隔山啊。

　　起风了，卷起阵阵黄沙。

　　太阳光像金子一样洒满大地。

　　听得出来，她的专业知识和实践经验都很丰富。在她面前，我感到羞愧，简直无地自容。

　　她人也很善良，个头虽小，她的心却非常大。在她的言谈举止中，始终有一种利他精神。她正在努力做的，恰恰就是我们质疑得比较多的食品安全问题。她告诉我她每走一步，都在认真思索，她究竟要把中国的饲料行业带向何方，是向左，还是向右，还是止步不前呢？戈壁很宽阔，却没有路。饲料行业也一样，前景非常宽广，路却要靠她们这样的人去闯、去探索。

　　她说像我这样的小散养户，她这一生中见得可多了。但她没有泄气，她用她的专业知识，不停地去给他们解释，说服他们走科学养殖之路。

我觉得她像一个布道者。

她在戈壁上的每一步，都留下了深深的脚印，她走得很稳重。当她抬头的时刻，她的眼里满是希望。

我内心的阴霾正在一点一滴地消失，我的心就像戈壁上那初升的太阳，慢慢暖和了起来。

千人走戈壁

多情明月应笑我，笑我如今，一片冰心，独自徒步独自吟。
如今怕说当年事，没了心境，月浅灯深，梦里醒来任我行。

西村，不是一个村儿。

它是成都西边的一个废旧工厂，很有年代感，由于舍不得拆，于是就打造成一个很文艺的地方。成都人受不了宽窄巷子的嘈杂，躲不过春熙、锦里的繁华，无奈之下，就非常向往一隅僻静的角落，喝茶，喝咖啡，晒太阳，慵懒地打发属于自己的时光。

西村就很僻静，拥有繁华闹市中的僻静。

我和马红英约在西村的一家咖啡馆见面。我们约的上午十点钟，我比她早到十分钟，我要了一杯竹叶青。

她进来了，一身纯白色的西装，喇叭裤，高跟皮鞋，黑色，亮闪闪的。西服里面，搭配了一件浅玫瑰色羊毛衫，脖子上系了一条同样颜色的围巾，扎了一个蝴蝶结，那条围巾上面还镶嵌了一条银白色的丝线。整个人看上去，优雅、时尚、大方，既漂亮，又很有女人味。

她朝我微笑了一下，因为整个咖啡馆就我们俩来得最早。服务员也不问她是不是我这桌的客人，就径直摊开茶水单，问她喝什么。而我也不问她是不是我所预约的人，也就点头示意她坐下。

她十分大方地在我对面坐下，放下包和手机，摘下口罩，然后才对服务员说："给我来一杯卡布奇诺咖啡吧。"

她看了看我杯子里的竹叶青，笑着问："是不是作家都喜欢喝竹叶青？"

我问："此话怎讲？"这还是第一次有人这样发问。

她说："我看你经常在朋友圈里说，起起伏伏的竹叶青，像极了人的一生。"

我摇了摇头，说："我也喜欢喝咖啡呀。不同的心境，喝不同的味道，才能品味不同的人生。"

她笑了，若有所思地看了看爬满咖啡馆墙面的枯藤，说："你选的地方很好。"

我说："在戈壁上，大家都蒙着脸，尤其是你们女人，怕阳光，怕紫外线，谁也认不出来。上次在戈壁上，我仅仅知道你是跑团二队的，已经记不起你的号码了。"

她说："是啊，我是第一次去戈壁徒步，也是人生第一次走那么远的路，还是第一次在走路的过程中，流了那么多眼泪的女人。"

我笑着说："你应该不是流泪最多的人，但肯定是感悟最深的人吧？"

她问："为什么这么说？"

我说："我听说了，第二天你抵达终点的时候，跪地不起，号啕大哭，是不是你？"

她沉默地看着我，眼里又噙着泪。

因为，那天我就在终点站，等待我的队友。她的哭声吸引我，更引起了我的好奇心。于是就记下了她胸前的号牌，向组委会一打听，说她也来自成都。

成都的天空，总是变幻莫测，明明早上出门的时候，还有一缕灿烂的阳光，这会儿天就阴了下来，冷风阵阵。但是，我们俩却浑然不觉。我们的心绪，早已被我们的话题，重新拉回敦煌的戈壁上了。

那一阵阵风沙，那温暖的烈日，那一片营地，还有那首永远高昂激情的歌，始终萦绕在耳畔。

我们的谈话，就此开始了。

她抿了一小口咖啡，笑了笑，冲我问道："我从戈壁回来快一周了，为什么每晚都做梦，我梦见我还在戈壁上徒步，你有吗？"

我点了点头，回答道："以前有，也做梦，尤其是第一次回来后，梦很多。梦里面，《我的好兄弟》那首歌反复唱，反复唱，一直不停。梦里我还会流眼泪。哎！那一群人呀，来自五湖四海，互不相识，却在一起睡过，一起走过，一起帮扶过，走完了 108 公里，就成了好兄弟和好姐妹了。"

她问："可是，我最近也光做梦，梦中的我不会流泪，而是变成了一匹枣红色的骏马，在疾走，在飞奔。我身上没有缰绳，没有人骑，我感觉空荡荡的。我独自在空旷的戈壁滩上，迷失了方向。我很着急，也很迷茫，何处才有水草？何处才是我要去的地方呀？"

我说："看来，你中了戈壁的毒？"

她说："是的。我年轻的时候，没有过初恋。现在的这种状态，像不像你们作家笔下的初恋那种感觉呢？"

02

我没有回答她的问题，只是不停地喝茶，品尝竹叶青那涩涩的苦味儿和那漂浮出来的淡淡的茶香。

马红英将椅子朝前挪了挪，距离我更近了些。

她想让我听得更清楚一点儿。

我的思绪，又回到了二十世纪八十年代。我突然问她："你这一身打扮，很像香港女明星，有点儿复古风，请问你是服装设计师吗？"

她非常吃惊，因为在这之前，我们根本就不认识，也无从知晓她现在的职业究竟是什么。

她点了点头，回答道："你猜对了一半，用时髦的话来说，我是服装设计师加服装定制。其实，我就是过去俗称的裁缝。裁缝，你知道吗？就是过去给别人做衣服的那种人，别人去铺子上买几尺布交给我，让我量体裁衣，然后我就比画比画，用剪刀一块一块地裁下来，再一针一线地缝合起来，最后就等着别人来取。取衣服的时候，人家再试穿，满意就拿走，不满意就再修改一下。"她生怕我不知道什么是裁缝，就不停地添加了很多修饰和补充的词语。

我问："你开服装工厂吗？"

她直摇头，说："我哪里开得起工厂呀，就一个裁缝铺子。"

听说她开了家裁缝铺子，我的脑海里开始重新对她画像了。我十分好奇地问："你的铺子在成都哪儿呢？有空我去参观一下。"

她又摇了摇头，十分羞涩地回答道："哎，没在成都，在我们乡下。我是农村的，一个村儿，你知道村儿吗？就是那种十分偏远的地方。"

这下，我就更加好奇了。我说："听上去，你的裁缝铺，仿佛很有年代感了？"

她说："我17岁初中毕业，母亲就送我去了春熙路一家服装铺，拜了师，开始了我的裁缝生涯。19岁那年，我学成回家，母亲又给我买了一台凤凰牌缝纫机，我就开始给村里的人做新衣服了。"

我十分吃惊地问:"你一直没有离开过你们村儿吗?"

她点了点头,回答道:"我 21 岁经人介绍嫁人,婚后生了我儿子。儿子三岁那一年,改革开放的浪潮席卷中国大地,我也憧憬外面的世界,我去了成都一家服装厂上班。那时候,儿子还很小,厂里面又天天加班,一加班就是通宵。我在工厂里晕倒过好几次,我想我的儿子,也更担心我的家人。于是,我只干了两个月,就辞职回去了,重新操起我的裁缝铺子,这一干就是三十多年,我三十年没有离开过村庄了。"

我问:"你说你在春熙路学的手艺?你的师傅是谁呢?"

她眼睛顿时放光,一字一句地问我:"你知道成都最最出名的老裁缝陈玉泉不?他今年 95 岁啦!他就是我的师傅,我是他的关门弟子呀!"

我摇了摇头,笑着回答道:"陈玉泉我不知道,我来成都的时候,春熙路早就没有裁缝铺了吧?"

她有点儿失望地说:"是的,现在又有谁还记得春熙路那个小巷子里面的裁缝铺呢?"

她若有所思地摇了摇头,喝了一口咖啡,小声地说:"只有我这样的人还记得。这一次,我去戈壁,看来我是去对了的,就连你这样的人也忘记了传统,忘记了三十年前所有的历史痕迹。只有我,也只有我还在傻傻地坚守。昨天,我去看了我的师傅。我的师傅快不行了,师母也八十多岁高龄了，我是他的关门弟子，他对我期望很高，希望我坚守，希望我不辱师门，把手工缝制这条路一直走下去。但是，我最近心绪很乱，我经常做梦。我也带了很多徒弟，个个都很能干，他们都远走高飞，自立门户，有的还做得很大，也赚了很多的钱，唯独我还留在我们村儿，给当地人做衣服。"

我认真地听着，很是感动。

我觉得，我仿佛不经意间敲开了她关闭很久的心扉。那扇门正朝我徐徐打开，一缕阳光射了进来，里面的蛛丝马迹和早已干涸的灰烬，也开始躁动起来。

我看见了她孤独的人生，看见了她独坐窗前，佝偻的背影，摇曳的烛光。我还看见，她的房子空荡荡的，唯有那台陈旧的凤凰牌缝纫机还守候在她面前，飞轮嗡嗡嗡旋转的声音，像一首即将散场的交响乐，正在徐徐地拉上幕帘，越走越远，越走越模糊。

她不停地讲述着她和师傅的恩情，我却陷入了沉思。我想："眼前这个女人，真的不简单。她从一个美丽的青春少女，以一台缝纫机为伴，竟然走进了迟暮的晚年。她这种执着的工匠精神，不正是今天的我们需要去发现和挖掘的吗?"

她继续说道："我的手艺很好，这是我唯一值得骄傲的地方。除了这，就再也没有人肯定过我，甚至就连我的家人也不理解、不支持。所以，我这次突然就想去戈壁，想去徒步，想通过一次长途跋涉，来一次酣畅淋漓的发泄。我告诉你嘛，其实，在众筹报名的时候，我身边的人都不支持我去，包括我的家人。我只众筹到了三分之一的款，我就迫不及待地自己交了钱。"

我说："这说明你是真的很向往外面的世界了吧？"

她说："我很迷茫，从2012年开始，我的生意开始下滑，尤其是到了2015年以来的这几年，我的生意断崖式跌落。我很惶恐，找不到方向了。再加上今年春节开始的新冠疫情，越来越让我感到绝望。"

我问道："所以，你是被逼到了必须要主动改变的悬崖边儿上了？"

她回答说："是的，我在徒步的过程中，思考了很多，流了很多眼泪，也悟出了很多。这次去戈壁徒步，我必须感谢一个人，她就是我们队的小敏妹妹。如果没有她的鼓励，我是没有勇气去戈壁的，更不可能坚持走完108公里。由于我长期弯腰，在缝纫机前久坐，我的腰椎、颈椎、肩椎等地方，都出了问题，变形了，很痛很痛。在出发前，我根本就没有意识到108公里究竟是一个什么概念。当我第一天走下来后，第二天早上出发前，做拉伸准备工作时，我听见我的腰椎咔咔咔地响了几声。我知道，这下我完了，我的老毛病又发了。果不其然，我竟直不起腰杆，整个人痛得汗水大颗大颗地流。小敏和其他的队友们，都围拢了过来，帮我揉的揉，按的按，但都不管用。幸好，我出发前还带了一瓶常备的药酒。我让几个小伙子帮我抹上药酒，过了几分钟就不痛了。那一天，队友们都想陪着我，我没有同意。我说我自己能走，哪怕走到天黑，我也要咬牙走到营地。后来，小敏走了，其他的人也走了。我知道小敏的性格，她比较好强，凡事都想拿第一。而其他的人来一趟也不容易，我怎么好意思因为自己腰痛，就要求大家都来陪着我走呢？"

我说："戈壁就是这么神奇。戈壁看似很冷漠，可去了戈壁上的每一个人却都像一团火，总想给人温暖。"

她继续说："那天，小敏拿了第一名，其他几个年轻人也很快走到了终点。可是，咱们的队长很有团队精神，他在对讲机里不停地呼叫小敏，让她不要冲线，先等一等，一定要等到所有人到齐了，全队手拉着手，一起冲线。小敏在终点线前停了下来，足足等了两个小时，才等来了我。她是个急性子，性格直爽，"80后"的她骨子里比较奔放。她冲到我面前，没等我站稳，就问我：'队长让我在这里等了两个小时，难道就为了那一点儿团队精神吗？'我浑身难受极了，还没有思考完她的问话，她又追问我：'马姐，要是你，你会不会像我这样等两个小时啊？'我毫不犹豫地点了点头说，我会等的，结果，小敏哭了起来，她竟不讲理地责怪我不替她考虑，不站在她一边，不支持她。哎，那一刻，我伤心极了。我不但肉体痛，我的心也痛。没有办法，可能还是我在农村待久了，没有见过外面的大世界。我无话可说，只好号啕大哭了一场。"

我笑着问她："听说，你们队只有 9 个人，仅 2 个男的？"

　　她点了点头，回答道："是的，女人多了，戏就多。那晚，我们在帐篷里面分享的时候。我小心翼翼地提醒着自己，今天的一切都是因为自己的身体出了状况，队长是好心的，他没有错，小敏也是对的，她也没有错。我必须得缓和一下全队紧张的气氛。"

　　我说："缓和了吗?"

　　她说："缓和了，还是几个年轻人比较睿智，大家都敞开心扉地谈，都在检讨各自的问题。小敏也彻底放弃了想冲第一的念头，放下了她曾经的孤傲和倔强。整个帐篷里，由最开始的冷漠，转为了温馨。"

　　我说："其实，咱们在大城市生活久了，每一个人的身上都多了一层盔甲，保护着我们自己。只有去了那荒无人烟的戈壁后，那一层厚厚的盔甲才会自动脱落了。所以，每一个人的性格就真实地暴露了出来。"

　　她说："是的，我其实非常羡慕小敏。她活得很真实、很坦诚、很自由。她想说什么，就大声地说出来。根本不像我，顾这顾那的，想表达自己的想法，却思前想后，总是不敢开口，生怕哪句话说出来伤了别人。这可能就是这么多年，我一直走不出来的缘故了。"

　　她还在说，很多话想倾吐出来。而此刻的我，却想到了另一个问题，那就是戈壁究竟有什么魔力，让一个三十多年一直还坚守农村的老裁缝也萌发出了涅槃重生的愿望? 难道是戈壁的孤寂，重新唤醒了她那颗同样孤寂的灵魂，还是戈壁的坦荡无边，像画卷一样，在她的心田上渐渐舒展？

03

她说，做裁缝就是帮别人作嫁衣。

她这一生中，都在为别人作嫁衣。

戈壁上有风沙，尘埃飞扬。但是，在她眼里，她却说戈壁是最干净的，不像我们的生活，看似光鲜体面，却充满了各种看不见的细菌和尘埃。这就是她一生坚守，不愿意离开那方属于自己的小天地的主要原因。

她很矛盾，生意的急剧下滑，又让她那颗坚若磐石的心正在融化，并慢慢地坍塌。她问我："你说，我现在这个年龄，还可以走出来吗？"

她说她想找个合作伙伴，在成都市区繁华的地方，搞一个高端私人定制服装体验工作室，问我行不行？

我不懂，我也不敢随口乱说，毕竟，在当前这个经济形势下，大家包括那些所谓的专家，都十分谨慎。

我说："你的核心竞争优势，就是你沉淀了一辈子的技术。我不敢给你作参考，但我知道今明两年不可以投资，不要打了水漂儿。"

她说："我很迷茫，就像我第一天到戈壁徒步那样，明明戈壁上很平坦，但我却找不到究竟哪儿才是属于我的路。我走得很吃力，我这三十几年也走得很吃力，没有人帮我，更没人关心过我。我今年 52 岁了，年轻人都去网上买衣服了，而我却像一艘被大浪冲刷到岸边的小船儿一样，既上不了岸，又下不了水，进退两难啊，我真的是步履维艰。"

是的，她说得对。最近这几年，互联网波涛汹涌，将很多实体企业冲击得七零八落。而实体企业里面，最容易受到冲击的就是"60 后""70 后"这个群体。他们明白，第四次浪潮来了，但他们空有一身本领和蛮力，无论从知识结构还是年龄结构来说，都比拼不过"80 后""90 后"。她尝试着开了淘宝店、开了抖音营销、开了公众号，也尝试着参加各种摄影培训，但都只能一知半解，很多技术层面的问题，她搞不懂。身边又没有人可以手把手地教她，自己的老公也爱莫能助。如果她把大量的时间和精力放在互联网的推广上面，服装的制作又照顾不过来。她说她没有三头六臂，她不是孙悟空，既没有团队，又没有助手，所以，她对自己的未来比较迷茫。

但是，她的信念还在，内心深处那颗雄心壮志还在，她不是一个很容易被生活压垮的人。

她的一席话，让我想到了千里马之死。老骥伏枥，英雄暮年啊。难怪她告诉我她这段时间经常会做噩梦，梦见自己变成了一匹枣红色的骏马，毫无目标地飞驰在空旷无边的戈壁滩上。

她的现状，会不会就是当今民营企业的缩影呢，我不知道，这些或许去戈壁徒步的人才能理解和明白。

假如，明年或者后年，全球经济形势还会恶化，那时候她们怎么办？她说在她还没有去戈壁徒步之前，她也想过同样的问题。那时候，她感到彷徨、恐惧。但是，经过四天三晚的徒步后，她想开了，认为车到山前必有路，船到桥头自然直。

她愿意付出，这是她一生都坚信的人生信条。这也是她95岁高龄的师傅曾经的谆谆教诲。她忘不了，也不敢忘记。

她告诉我她明年还要去戈壁，去做志愿者，去帮助每一个人完成108公里的挑战。

我笑了，说："那你的生意咋办？"

她回答说："暂时不去想了，我再苦思冥想也没有用。上天该给我的，一定会在某个时候给我；上天不愿意给我的，我想得再多他老人家也不给呀。所以，从现在起，还是回到我村上的裁缝铺，继续沉下心来，继续着我那平凡而普通的工作吧。"

我哈哈大笑起来，问她："你是想感动上天吗？"

她也被我逗笑了，回答道："可能我就属于那个命吧。他让我坚守一辈子，那我就听话照做呗！"

我问："那你这次徒步，不就白走了吗？从先前的雄心勃勃要走出去，到今天又下定决心继续你裁缝铺的日子，兜了一个大圆圈啊。"

她摇了摇头，不同意我的看法，慢条斯理地说道："人这一生啊，每一天都是新的，我们正在闲聊的这一秒就是现在的我们，上一秒钟就成了过去。人生始终是一条无限延长的直线，根本就不存在圆圈的说法。"

我若有所思地看着她，这才明白了她曾经在一针针一线线的枯燥世界里，早已悟出了很多。她所说的人生，不正像极了她手中的针线活儿吗。

她说："我觉得，我给每一个人缝制衣服的时候，我的脑海里总会浮现出一幅画，这样我才能够用我手中的针线，去画上素描、穿针、引线。我其实就是那个始终穿梭在别人时光机里面的岁月老人。我缝合的一块又一块的布料，带给穿衣服的人无限的美好。我后悔，也无从后悔。缝纫这一行，我是从少女时代就喜欢的事情，如果现在我突然下定了决心改变，那估计会要了我的老命。看来，我这人啊，这辈子就是为别人作嫁衣的命了。"

04

时间过得真快，不知不觉我们聊了快四个小时了。

咖啡馆来了很多人，先前十分冷清寂寥的场面，一下子就人声鼎沸起来，外面就更加嘈杂了。

我回头一看，竟然是一个年轻的母亲，双手举着一个刚刚牙牙学语的小孩儿，在那爬满枯藤的围墙上摆了个姿势，孩子咧嘴欢笑，而围墙外面则围了七八个人，举着手机，不停地拍照。

马红英也听见了婴儿的笑声，她回头看了一眼，话题就不自觉地回到了她的孙子、她的儿子，还有她的老公身上了。

她叹了口气，说："哎，我曾经暗暗地下过决心，我儿子结婚的那天，我就跟我老公离婚。"

我颇感吃惊地问她："为什么？"

她回答道："但是，没有实现。儿子结婚那天，我又动摇了我的想法。我思前想后，左顾右盼，犹犹豫豫的性格在作怪。我任何时候都下不了决心，也无法下定决心去做一回我自己。其实，我很想做一回自己，去看看大海，去看看海底的鱼，去爬一爬高山。我说的那种高山，不是一般的高山，而是像珠穆朗玛峰那样的高山。我的这些梦想，究竟要什么时候才能够实现呢？"

我说："做一回自己这个想法很好呀。不要问我，也不要问别人。"

她问："那我要去问谁？"

我回答她道："问你自己吧，只有你的心，才能够回答你。如果你的心同意，那你就去吧；如果你的心不同意，你问谁也没有用的。"

她说："哎，真的比较难。我的婚姻，跟我的职业一样，就像那墙壁上的枯藤，将我牢牢地缠住，死死地缠住。我走不出来了，真的是无法走出来了。"

我问："此话怎讲呢?"

她倒掉杯中剩余的咖啡，重新要了一杯白开水。回答道："我的婚姻，就像这一杯水，透明、平淡、无味，我只能这样来描述了。我在 20 岁的时候，经村里人介绍认识了现在的老公。我们没有谈恋爱，由于我当时就开了裁缝铺，每天要接很多活儿，经常从早忙到晚，有时候，还加工到深夜，我哪里有时间去谈恋爱呀。他很木讷，高中文化，在村里话不多。我们就这样，在双方父母的商议中，简简单单地办了几桌，就结了婚。婚后的日子，他去了电厂上班，我继续着我的裁缝生涯。他回到家里也很少说话，我就更加没有时间说话了。我的工作很枯燥，每天就和缝纫机对话。有时候，烦恼了，我就使劲儿地踩踏板。村里面的人，非常羡慕我们两口子，说我们是全村幸福的榜样。男的有工作，我也有自己的铺子，每天都有钱赚。可是，别人哪里知道我内心的孤独，只有我的缝纫机才明白。他喜欢钓鱼，和我的爱好天壤之别。我喜欢听音乐，尤其是听古筝。每当我要完成一件作品的时候，我就会放一曲古筝，让自己的灵魂完全沉浸在那曼妙的音乐之中，让针线飞舞。"

我说："你对你的婚姻很不满意吗?"

她十分无奈地摊了一下手，肩膀耸了耸，回答道："你说是夫妻呢，又跟我想象的爱情不一样。你说是亲戚吧，他的心里还是保有责任的。他只是嘴里不说，所有的话，全部都烂在了他的肚子里。很多时候，我们都不说话，一周，一个月，最长的有几个月。但最后，都是我想法去撬开他的嘴。"

我笑着说："可能钓鱼的人，就那个脾气吧？"

她也笑了，回答说："根源不是脾性，而是咱们这种夫妻，还真的没有语言可以交流。他不看书，不看报，现在很多人喜欢看手机，可他真的是个另类，竟然连智能手机都不看。整个人还活在二十世纪五六十年代，跟我那台凤凰牌缝纫机一样，成了一个老古董。"

我想岔开话题，不想和她讨论婚姻和家庭，但是，她却深陷其中，滔滔不绝。

我告诫她："抱怨没有用，唯有你自己去改变。你改变不了他，就先改变你自己。婚姻，也是有年代感的。时代不同，观念就不同。尤其是文化不同，婚姻就没有很好的黏合剂，你们俩能够在沉默中坚守几十年，那也是非常伟大了吧。"

我沉默了一会儿，抬头看了一会儿远方。

我发现她也陷入了沉思。

我们很快结束了这个话题。

05

我要了一碗红烧牛肉面，填饱了肚子，精神也恢复了不少。

她说她没有胃口，吃了很少一点儿米饭。

咖啡馆到了下午，简直人声鼎沸了。

看着穿梭的人流，马红英职业性地给我点评起服装搭配来了。她指着远处一个女人，对我说："你看那个人，她的搭配就不合理，尤其是上衣和内衣的颜色，就显得十分突兀。"

我说："我不懂颜色搭配，尤其是对服装没有研究过，所以，经常乱穿。"

她笑笑说："是的，不光是男人，现在很多的女人也不懂搭配，只晓得买，买回家总穿不出自己想要的感觉来。"

我问她："那你觉得究竟该怎么搭配才合理呢？"

她说："如何搭配，这是一门学问，很深，一句两句我给你解释不清楚。咱们服装界有一句老话，那就是'究竟是衣穿人呢，还是人穿衣？'"

我更加感兴趣了，嘴里重复着她刚刚说的那句话：衣穿人呢，还是人穿衣？百思不得其解。于是，便追问道："那你给我详细讲解一下上面这句话——什么是衣穿人？"

她回答道："所谓衣穿人，就是说你穿上这件衣服，走出去，在别人面前一站，是你的衣服吸引了别人，而不是你的人吸引了别人。别人一般都会惊呼：'哎哟，你今天穿得很漂亮哦！'如果别人这样说，那就表示你今天衣服穿错了。"

我问："那什么是人穿衣呢？"

她解释说："所谓人穿衣，就表示你穿对了。当你穿上某一件衣服，往别人面前一站，你的整个人的美和内在的气质便显露出来了。别人看你时，一定不是被你身上的衣服给吸引到的，而是被你的人吸引到的。"

我这才恍然大悟，然后不自觉地看了一下我自己。

我笑了，她也笑了。

我自我解嘲地说："难怪，我每次出门，别人好像都在看我身上的衣服。"

她说："哈哈，是，也不是。你们男人都这样。"

我埋头记录了下来，原来，我们聊了一整天，这才聊到了正题。她在服装定制界已经沉淀了大半辈子，专业和技术上的自信，才是她最开心的事情。她虽然自称是一名乡村裁缝，但此刻的她，在我的心里，越来越高大，越来越有历史画面感。

夕阳，终于冲破了厚厚的云层，露出了黄昏的瞬间的灿烂。

成都，又开始了车水马龙，熙熙攘攘。

就在我结束采访，即将离开西村的那一刻，我才真正读懂了马红英：她像一片红霞，铺天盖地，灿烂辉煌。

她本来是一个天使，却遭受了"魔鬼"长达十年的折磨。

31岁之前，她是一个勤奋善良又漂亮的女人，却没能做成女人。

31岁之后，她可以做女人了，骨子里却养成了男人的性格。

生活啊，就这样阴差阳错地让一个女人痛苦地活着。

01

〰〰〰

　　很多人说，成年人的故事都是写在脸上的，是幸福，还是痛苦，一目了然。实际上呢，到了中年以后，每一个人都学会了伪装，将喜怒哀乐深埋心底，藏于面具之下，而那些深藏着的便是身不由己的妥协与无奈。

　　看过金庸《笑傲江湖》的人都知道，岳不群何尝不想像风清扬大师那样把日子过得很洒脱呢？可是，江湖不允许。因为，生活不是江湖。江湖风高浪急，到处都深埋陷阱。即使江湖暂时没有危险，但比拼也很激烈，各路高手云集，年轻人成长又很快，毕竟长江后浪推前浪。

　　千二的时候，杨海燕就要去敦煌徒步的，但临到出发前的夜晚，她突然在先锋模范战队群里说不去了，这着实让大家意外。那次，成都一共有四位戈友同行，有两位临时放弃了，这让我感觉有些遗憾。

千三的时候，海燕在群里说她去了戈壁，还做了队长，队名还是采用千二的队名，叫"先锋模范勇之队"。她告诉我们她想以此来弥补她上次没去的遗憾。

其次，当初我对她是有点儿意见的。所以，千三的时候，队长向鹏去找她，和她在成都吃了火锅，听说还聊得非常愉快。向鹏告诉我说海燕很不错，说她身上满满都是正能量，而且说她还是航天工作者，目前在做培训工作。

千五的时候，向鹏想让我和杨海燕见一面，被我拒绝了。但这次在戈壁上，我却是主动去找她的，也不知道究竟是什么原因。我到达赛道上第 70 面旗帜的时候，看见作为志愿者的她一路逆行，听说她返回到第 57 面旗帜去接一个队的队友。

我觉得她不简单，脑海里浮现出向鹏给我描述的那个海燕。

于是，当我抵达营地的时候，就坐在终点旗门口等她。她穿了一身绯红的冲锋衣，像其他志愿者一样。尽管她用头巾把脸蒙得紧紧地，但我从她帽子上的徽章认出了她。

我说我是先锋模范战队群里的二哥，咱们在群里已经认识快三年了，却还没有见面，实在是说不过去了。她爽朗地笑了。她说她也一直在打听我这次是不是也来了戈壁。当听向鹏说我这次真的来了后，她就在出征大典上找了几遍了。但不凑巧，加上她这次在志愿者军团里面做了赛道志愿者，一直很忙，一直在给戈友们服务（她做后勤服务工作，遇到走不动的人，她给她们加油打气，有时候还要停下来给她们按摩、拉伸），所以我们一直没见上。

我们俩都笑了：戈壁徒步的世界那么小，却让同一个群里的人完美错过。于是，她喊我在营地茶室等她。我说："好，我回去拿点儿好茶叶来，我俩慢慢品，慢慢地聊。"

海燕很健谈，满口川东口音。我问她是哪里人，她回答我说："小时候，是重庆人；念书时，是原达县人；现在呢，是成都温江人。"

我一下子就兴奋了起来，觉得她这人有点儿像《百年孤独》里面那个到处流浪的吉卜赛姑娘。

我问她："怎么这么复杂呢？"

她回答道："我爸爸是中国航天人，就是长期在深山老林里面造嫦娥系列零部件的工人。"

我点了点头，说："好像是保密的，也很神秘。"

她喝了一口茶，揩干了额头上的汗水，说道："我是在爸爸工作选址的路上出生的，妈妈跟随爸爸，长期在深山老林里生活。妈妈是重庆知青，在供销合作社工作。我是一个早产儿，可能出生的时间和地点都很突然，所以，等我一出生，妈妈就把我送到了重庆外婆家抚养。从此以后，我便在重庆大坪度过了我的童年。直到七岁那年，我要念小学了，才第一次被爸爸接到身边。那时候，我才知道爸爸、妈妈的样子。当时爸爸满脸笑容，妈妈却面无表情。"

我吃惊地问："七年未见，妈妈为什么会面无表情呀?"

她摇了摇头，回答道："哎，我也不知道，反正我妈妈看上去很木然。可能她真的不喜欢我。"

"为什么?"我疑惑地问。

她叹了口气，淡淡地回答道："可能是因为小时候我被外婆带得太娇惯了吧。我见到妈妈的时候，爸爸说我显得娇滴滴的，说话也娇滴滴的，十分优雅，很像电视里的小公主。后来，爸爸才悄悄告诉我说，妈妈很不喜欢我娇滴滴的样子，说咱们家都是工人出身，家里面不可能培养得出一个公主来。"

我开玩笑地说："哎，可能你母亲那时候长期带两个弟弟带惯了吧，把你搞忘了呢!"

她没有笑，也没有说话，而是一个劲儿地喝茶，望着茶室外面的戈壁，陷入了沉思。

过了五六分钟，她突然转过头来对我说："二哥，走，咱们去那个沙丘上坐坐，我给你认真讲一讲我的故事。"

于是，我们俩一人喝了几大口泡好的茶后，便拖着酸痛的双腿，一瘸一拐地朝营地外的小沙丘走去。

02

夕阳西下，一道残阳洒落在戈壁上，显得那么空旷和孤寂。

我们面向远方坐下，身后是密密麻麻的营地帐篷，眼前是一目了然的戈壁，湛蓝的天空，没有一朵白云，月亮早就挂在了头顶。

海燕伸手理了理被风吹乱的头发，对我说："二哥，我想给你讲一讲我的前半生。"

我点了点头，说可以。

她说："我的妈妈真的不喜欢我。"这次，她没有开玩笑，而是说得非常认真，并且很严肃。

我问："为什么？你不是她亲生的吗？"

她回答道："是亲生的，但她就是不喜欢我。记得七岁那年，我第一次见到爸爸妈妈的那一天，晚上我被他们俩的吵架声惊醒，隐隐约约听到我妈妈在数落我爸爸，说不该不和她商量，就把我从重庆接到工厂去念书。爸爸很生气，但没有多说什么。那晚他们俩争吵了很久。我至今不明白我妈妈为什么要那么对我。"

我安慰她道："不要多心，过去的事情就忘了吧。也许他们那时候条件艰苦，再加上又生了两个弟弟，想照顾你，也力不从心吧？"

她摇了摇头，否定了我的说法。她说："没有你说的那么简单。后来又有两次，我发现我妈妈真的不喜欢我。一次是我主动想跟妈妈亲近，被她一把推倒在地。另一次是我在胡家镇的小街道上面，突然发现了妈妈的背影，我高兴得一边喊妈妈一边从后面追上去，结果却被转过身来的妈妈一把推倒在街边的水沟里。那一次，我大哭了一场。还是街上的一个婆婆走过来将我拉了起来，帮我擦干了身上的污泥。"

我吃惊地望着她，真的不知道她究竟要告诉我一个什么样的惊天秘密。她一直没有说，我也不便再问。

我本想转移话题，她却自言自语地说道："哎，难道我从小像公主就错了吗？难道外婆辛辛苦苦把我带大也错了吗？难道我根本就不应该来到妈妈的世界里吗？小时候，大坪的人都说我长得很漂亮，皮肤也白，像一个公主，说话走路都很优雅。可在我妈妈的眼里，我就像是一个魔鬼一样令她讨厌。"

我问："你妈妈什么文化水平？"

她回答说："高中生。那时候，算有文化的了。"

我不好回答她这个问题，又问她爸爸什么文化水平。她回答说爸爸是高中毕业，后来进修了大专，是航天工厂的技术骨干。

我问她："那你爸爸很喜欢你吧？"

她回答道："在我的记忆里，爸爸经常出差，留给我记忆最深的便是他每次出差的背影。所以，后来当我每次看到朱自清的那篇《背影》的时候，我就会流泪，脑海里就会回放爸爸的背影。我爸爸不善言谈，不会和人沟通，在家里也很少说话。妈妈在供销社上班，后来还做了供销社经理。她也不和爸爸沟通。他们俩经常不说话，我们三个孩子夹在中间，家庭氛围显得很沉寂。爸爸除了工作，就爱酗酒。后来，妈妈除了工作就去打麻将。反正，那个时候，咱们这个家啊，真的过得很沉闷。所以，到了初中的时候，我可能出了心理问题。我总是躲着我妈妈，潜意识里总是在提醒自己，千万要跟妈妈保持一定的距离。再后来我就开始逃学。当然，有几次我也曾试图离家出走，或者试图寻求解脱，但我不甘心，好像有另外的声音在劝我、阻止我，不让我干傻事。所以，后来我还是坚强地活了下来。"

我对她说没有发生意外就好。其实，大部分人在青春期都很迷茫。我安慰道："迷茫，是很正常的。"

她又沉默了一阵子，双眼迷茫地望着远方的地平线，一直等到最后一抹夕阳散尽后，才说道："是啊，可能就是因为我妈妈的冷漠，才导致我后面走了那么多弯路，受尽了那么多折磨，吃尽了那么多的苦头，经历了那么多的磨难。"

我在脑海里不停地猜测，她究竟想告诉我什么。从她口里说出来的话，一句比一句深奥、黑暗、阴冷，就像一条长长的隧道，远处总有那么一丁点儿光亮，但就是走不到出口，不知道出口究竟在哪儿。

她说："直到后来一次偶然的机会，我在妈妈的箱子里看到了我外公的一个日记本，才慢慢悟出为什么妈妈对我那么的苛刻和冷漠，近似无情。我的外公是黄埔军校毕业的，福建人，后来在重庆和外婆相识，他们一共生了4个女儿。那时候，外婆受到了周围人的嘲笑，说她生不出来儿子。我外婆很生气，但又无可奈何，家里几个女儿也抬不起头，经常受到旁人的奚落和嘲笑。所以，可能我妈妈从小受到了心理创伤和精神上的影响，骨子里就不希望自己以后再生女儿。她只喜欢儿子。"

我说："可是，你是无辜的呀！你应该是天使，就是来拯救她的。"

她摇了摇头，回答道："后来，外公去世了，外婆一个人咬着牙将几个女儿抚养长大。外婆经人介绍，后来又嫁人了。但是，几个女儿的心理早已受到了创伤，难以忘怀了。"

我问："刚才你说你经历过很多的磨难和坎坷，究竟是什么呢？"我试着将话题引回来，想从她的口里尽快获得答案。

这时，我发现她早已泪流满面了。我不知道她究竟想起了什么伤心事，便小声地问她："可以说出来吗？不要憋在心里，那样会很难受的。"

她摇了摇头，不想说。过了一会儿，我等她平静了，才又小声地问："你受到了什么伤害？是来自父母、朋友、老公，还是单位同事呢？"

她想了想，像是下定了决心，咬牙切齿地回答道："记得是从我外婆去世的那年开始，我的人生便一落千丈，从平平淡淡的平台上，跌入了一个深渊。"

我问："什么深渊?"在我的脑海里面，她内心深处的那个小亮点儿越来越近了，仿佛快要找到出口了。

她犹豫了一阵，才小声地说："是他——我的前夫，他折磨了我十年，从我 21 岁那年我们认识开始，到 31 岁我们离婚结束。这十年间，我经历了多次家暴，经历了几次死亡，经历了长达十年的无性婚姻。二哥，这些事情，我从来没有跟任何人提起，也从来没有给我的亲人和同学说起。表面上，身边的人都认为我很幸福，都认为我是一个贤惠的妻子。但是，我的日子究竟怎么样，没有谁知道。外界没有任何人知道，就连我的同事、我的领导、我的父母，以及我的两个弟弟，还有我重庆的几个姨和舅舅都不知道。"

我吃惊地问："为什么你不找他们商量？至少，他们都是你最亲的人啊！"

她摇了摇头，说："唉，我太天真了。我们俩是闪婚的，从认识到结婚，不到二十天，我就草率地做了个决定，悄悄地和他去办理结婚证。"

我问她："为什么那么着急？那时候，你才 20 岁呀！正是如花的季节啊！"

她的回答真的令我大吃一惊。她回答道："那时候，我刚刚大专毕业，妈妈和爸爸每天约人来家里打麻将，两个弟弟学习成绩也不好，也是每天约人来家里打麻将，而我连看书的地方都没有。我就想有一个家，一个属于自己的家，一个可以静静地看书、静静地打发属于自己时间的地方。那时候，正好赶上很多厂整体往成都搬迁，绝大部分搬到了龙泉，只有我们厂搬到了温江。那时由于我是厂里面的业务骨干，厂里说我可以分到一套温江的新房子，但是，有一个硬性规定，那就是必须要有结婚证的人才有资格参与选房。于是，那段时间，我们厂里到处都有人在说媒。我工作上很出色，加上人很年轻，模样儿也算好看，所以，来给我提亲的人特别多，后来就遇到了他。遇到他过后，我们就草草地领了证。从此，我的人生便陷入了苦海。"

我问："为什么呢？刚结婚不是很甜蜜吗？"

她深深地叹了一口气，小声回答道："结婚三天，我就后悔了。我提出离婚，他死活不同意，还大发雷霆。他十分敏感，也很爱面子，死活不同意和我离婚，后来还拳脚相加。他大我十岁，一米八的个子，我打不过他。我提出离婚，是因为没有性生活，他身体不行。但他不准我说出去，还威胁我，说如果我将他的事情说出去了，就会伤害我的家人，我很害怕。那时候，我还年轻，心智还不成熟，在面对这样的人时，真的是束手无策。那时我真的不知道该怎么办，也不敢将此事拿出来跟身边的人说，只好一个人慢慢消化。我们先是争吵不断，后来我慢慢地开始接受这个现实，也开始试着慢慢地忍耐。我们搬进了厂里分给我们的新房，但在长达十年的时间里我们都是分开睡的，各睡一个房间。而且在外人面前，我们还不得不装作十分恩爱的样子。尤其是在他的父母面前，我始终承担了一个儿媳妇的责任。身边人认为我是幸福的，他的父母也认为我们是幸福的，还经常催问我们啥时候要孩子，他们老两口等着带孙子呢。"

03

她的声音越来越小、越来越低，仿佛被戈壁的晚风给吞噬了。

她不停地抹眼泪，不停地抽泣。

整个戈壁也在呜咽，发出呜呜呜的声音。戈壁的夜空不再明亮，月亮也蒙上了一层面纱，只有那无数颗星星看上去心情挺好，朝着她不停地眨巴着眼睛。

星星仿佛在说："不要悲伤，你就是天使呀。天使本来就先要去人间渡劫的。不经受磨难，你怎么会成为真正的天使呢？"

是的，在我还没有采访海燕之前，她的笑是灿烂的，她的步伐是轻盈的，包括她的声音也充满了女性的柔美。她皮肤白皙，配上一头金色的卷发，仿佛是哪家的大家闺秀一样。

这是她留给我的第一印象，也是她留给戈壁上所有人的印象。

表面上看，她是航天人，她的工作令人羡慕，而且她还身负使命。她在戈壁上做志愿者时，从营地返回几十面旗帜的距离去接队友，她就像一名天使。然而，生活啊，就像一支支在空中乱飞的利箭，也会刺伤好人。

她擦干眼泪，站了起来，朝着前方又走了几步。我以为她想回帐篷了，便也起身，拍了拍身上的沙粒。

我们并肩而行，小心翼翼地走下沙丘，朝着远方更黑暗的地方走去。她问："二哥，你说我的前半生是不是很糊涂！我糊涂到连自己都忘了。我忘记了我是我，更忘记了我在这个世界上活着究竟是为了什么。我不敢反抗，甚至连给我身边的人说一句都没有勇气。我是女人，但我却失去了做女人的权利。他是男人，却不是男人，甚至连做男人的勇气都没有，更不要期待他承担责任了。"

我说："你太天真了，要是早一点走出来，走进戈壁，和戈壁上的这群人在一起，事情也不会发展成那样了。我觉得我们之所以来戈壁徒步，其实就是想通过徒步这件事，去唤醒身边更多的人，早日觉醒，早日走出来，冲破生活的桎梏，重获新生，就像你一样。"

她告诉我："二哥，你不知道，那十年的阴影，至今还萦绕在我的脑海。我有两次差点儿死去，记得第二次，我住在温江人民医院，我的病房在医院二楼，我的父亲也生病了，在医院四楼住院。我看见所有的亲人都围在我身边，他们究竟在说什么我听不见，但是，作为丈夫的他却没有来，他在打麻将。那一次，我真的以为我马上就要离开人间了。我突然听见了我爸爸大声骂我的声音，他冲我喊道："燕子啊燕子，你个没出息的女儿，你看我生病都8年了，可我都还在咬牙活着，你才生病几天，为什么就要离开我呀？你给我滚回来吧！"说来也奇怪，我刚才还轻飘飘的，听到父亲的哭喊声，我突然大喊了一声，整个人开始感到疼痛难忍——我又活过来了。当我醒来的时候，病房里确实围了很多人，都是穿白大褂的医生和护士。我父亲没有来，他走不动，下楼也需要护士推着。但我的意识清醒了，我再次回忆了父亲之前骂我的那句话。我想我还不是时候离开人世，我还年轻，那年我才不到25岁，正是如花的年龄。我必须活下来，我想上楼去看一看我爸爸。我知道，那几天，我肚子痛得厉害，护士说我的哭喊声四楼的父亲也听得见。护士让我咬牙坚持，做完手术就好了。"

我问："那另外一次死亡经历，又是怎么回事？"

海燕想了想，十分坦然地回答道："那一次，我们厂刚刚从达县搬到温江，所有的工厂员工都要体检，那时在温江人民医院体检的。我是骑自行车去医院体检的。在检查妇科的时候，我没有同房经历，但是我也没有告诉检查的医生。那时我羞于启齿，也不知道该怎么说。由于参加体检的还有很多单位职工，我怕我告诉医生，她不小心泄露的话，全厂的人就知道了，我很害怕。尤其是我来体检之前，他又反复地威胁、警告我不能对医生说。所以，医生做检查的时候我无比疼痛，我大声地哭喊道"我不检查了"，可是那个妇科医生还是要继续检查，最后说我这样疼痛难忍，明显是炎症严重嘛。

我轻叹了一声，默默地听着。

她又开始哭泣，不停地抹着眼泪。接着说："那次体检结束过后，我给前夫打电话让他来把自行车骑回家，我自己打车回去。回去后，我的身体一直在流血，我没有告诉他。我想，我没有必要告诉他，即使告诉了他也无用。他本来就是厂里的一个恶魔，长得牛高马大，什么事情都干得出来。那一次，我想到了死。我躺在床上，默默地哭，我想生命就这样结束了算了，何必还在这丢人现眼。半夜里，我昏迷了好几次，可是，我那求生欲最终说服了我自己，我做了一个举动，伸手将放在床头柜上面的闹钟推倒在地，发出了很大的响声。他住在另一个房间，听到响声后，便起床开灯，大声地骂我究竟想干什么。但是，当他看见我苍白的脸，浑身冒汗，整个人像一个死人的样子时，他掀开了我的被子，发现床上全是血。他立马把我抱下楼，喊了一辆出租车赶往温江县人民医院抢救。

黑夜中，我的眼泪流了出来。

我再也无法控制自己的情绪。

她作为一个人，尤其是作为一个身体孱弱的女人，跟一个牛高马大的恶魔住在一起，这是一件多么恐怖的事情！

她继续给我讲述她第二次零距离接触死亡的经历。我摇了摇头，让她不要再讲了。我发觉她的故事跟她软弱的性格有很大的关系。当时的她思想没有觉醒，没有反抗意识。她把自己的命运看得很轻，顾虑重重，却把恶魔的威胁言语牢记在心。

她没有停下话头的意思，我也就任其讲下去了。

她告诉我她第二次经历生死，是她 25 岁那年，也就是1997 年。那时候，由于单位转型、职工下岗和轮岗，她又被领导重用，借调到厂政工股和宣传部工作，后又被送到重庆职工大学参加了新闻培训。她是和单位的一个新闻干部一起去学习的。学习期间，有一天夜晚散步的时候，她突感身体不适，肚子剧烈疼痛。但是，那时候职工住院报销必须先由单位开具证明手续，出院后方能报销。所以，她没有及时去就医，而是一直忍耐到培训结束，回到单位后，才去住院治疗。

海燕说："唉，那次是黄体酮破裂，差点儿我就真的不行了。去医院检查的时候，那个医生根本就没有认真检查，只是听我描述了一下症状，便下了个结论，说是炎症，输几天液就好。于是，我自己也就信了，便每天骑着自行车去医院输液。可是，连续输了几天液后，本来已经不疼的小腹，竟然越来越痛了，而且还胀鼓鼓的，像怀孕了一样。我实在忍不住了，便又找到主治医生，告诉她我这情况肯定不对劲儿。医生这才开了单子做进一步检查。当时先进行的 B 超检查，再做了穿刺。检查结果出来了，发现是肚子里面有出血点，淤血太多，有的已经凝固，具体位置还不清楚，需要立即做手术，打开肚子过后，才能够确定出血部位。我一听，脑袋就嗡嗡地响，整个人差点儿就崩溃了。那时候，我心里是明白的，可能这次又要经历一次漫长的渡劫。"

我问："后来呢，手术顺利吗？"

她回答道："顺利，但是由于出血太多，每次输血又不能输太多，所以当时我整个人就很虚脱，连说话的力气都没有了。后来，就是前面我给你讲过的那样，还是我爸爸的骂声，把我从死神身边喊了回来。醒来过后，我睁开眼睛最想看一眼的就是我爸爸。小时候，虽然我爸爸不善言谈，很少跟我交流，但父爱是真挚的。我还记得他每次出差回来，都会悄悄给我带一些好吃的、好玩的。这些他一般不会告诉妈妈，我也不会告诉妈妈。我常常躲着我的妈妈，跟她保持着一定的距离。记得有一次，爸爸出差回来给我带了一条连衣裙，被我妈妈看见了（她那时在我们厂供销社已经升为经理了），她就跟爸爸说小孩子身体长得很快，买新衣服没有必要，于是她就把那条连衣裙拿到商场给卖了。还记得有一次，我在胡家镇街上去收废旧纸壳儿，拖了重重的纸壳儿回去，妈妈就和我说，她把纸壳儿拿去卖，换了钱回来就给我们三姊妹买花纸伞。二哥，你知道吗？我当时有多高兴呀，女孩子喜欢一把花纸伞是天生的呀！可是后来，妈妈买了几把伞回来，给我的却是一把黑布的长柄的雨伞。"

我根本找不到一句合适的语言来安慰她。所以，黑暗中我只好保持沉默，一言不发。

她接着讲道："那时候，从小学到大学毕业，父母从来没有来学校看过我一次，更不要说像其他孩子家那样，来学校给我送伞，或者在我生病的时候接我回家。我是缺少母爱的，因此，我的叛逆比所有的同龄人都来得早。我嘴上迫于母亲的威严，不还嘴，但我心里是反抗的。一般她说什么我都嘴上答应，但还是按照自己的想法去做。"

"所以，你认为你的上半生，都是你母亲给你埋下的祸根？"我小声问道。

她点了点头，肯定地回答道："是的，是从小母亲对我的态度，让我的心灵深处从来都不敢轻易相信一个人。你想，连自己的妈妈对自己都那个态度，更何况外面的人呢。所以，我人生中遇到的大事，都是我一个人扛的。以至于我从小就慢慢意识到，以后做什么事情，都必须像一个男人一样，而且要努力地超过男人。我和他的婚姻，其实也是我自己和母亲赌气的结果。我根本就没有给母亲说，婚姻是我自己决定的。那时候，还有一个更重要的因素，就是我重庆的外婆突然离世，外婆不是因为疾病去世的，而是她独自一人在家里的门框上面上吊自尽的。我从小是外婆抚养长大的，你可以想象到，我内心有多么的悲伤。而就在那段极度悲伤的时刻，他出现在了我的视野范围内，加上单位上马上又要分福利房，我又想立即逃离父母生活的那个圈子，于是，我一赌气和他扯了结婚证。等我们俩住在一起后，我才发现那是一个更加恐怖的深渊。"

我说："是的，那年你还很年轻，应该只有 20 岁吧？"

她说："还不到 21 岁。"

我说："你自己无法直面所有的困难，所以，你认为是一个深渊，就不能再爬上来了。"

她摇了摇头，又否定了我的说法。她说她也曾想过如何爬出来，但她又太放不下父母和所有的亲人。

我不同意她的看法。我说："不对，你那是以死来了结呀？那不算是从深渊里面爬出来，而是从一个深渊跌入另一个谷底。真正地走出来，就是敢于直面所有的困难，寻求社会和相关部门的帮助，而不是一个人独自在黑暗中慢慢地爬。并且，你爬也爬不出来的。"

她听后，又流泪了。她说她很感谢企徒体育，让她第一时间接触这样的人生经历。她真正从阴影中走出来，还是她31 岁那年，也就是外婆去世后的第三个年头，她突然觉得这个世界上也没有什么牵挂了。她再次和他进行了谈判，要求立马离婚。刚开始他不同意，继续威胁她，但她早已做好了鱼死网破的准备。所以，那一次，在经历了漫长的拉锯过后，他们终于结束了长达十年的婚姻。

她说："十年，像做了一场噩梦。那个梦太长了，让我精疲力尽。"

离婚过后，她向单位请了病假。因为身体内分泌紊乱，她又开始了漫长的求医之路。但她说她不后悔，她轻松了。后来，她又接触到了"领导力"培训，她的心结一下子就打开了，很多的想法又在她的内心深处慢慢地复活。

如今的海燕，已经深深地爱上了培训。她一边求医疗愈身体，一边感召更多的人参与培训。今年，她作为志愿者还感召了三个战队的人去戈壁徒步。她说她要把自己所经历的故事，讲给每一个人听，尤其是讲给家里面有女儿的父母听。

海燕的经历，是有根源的，根源就在于她的童年缺少父爱和母爱。而在她的青少年时期，母亲的冷漠、父亲的忙碌，导致了她在整个成长阶段，失去了最需要的、温暖的呵护和关爱，以至于她在独自步入社会后，不但没有勇气面对挫折，性格还十分懦弱和保守。遇到重大难题时，根本没有在第一时间跟最亲近的人沟通和商量。所以，之前的她，就像一只被关进了牢笼的小鸟，尽管活得很努力，却十分艰辛；而现在的她，却被生活磨炼得浑身长满了铠甲，就像金刚一样，在任何困难面前都显得那么的淡定和从容了。要我说，是生活把她彻彻底底改造成了一个女强人。

起风了，密密麻麻的星星看上去也很疲倦了。

月光洒满大地，苍穹下，一排排整齐的帐篷显得十分安静。而帐篷里面的人呢？有的在沉思，有的在分享，有的在喝酒，有的却早已打起了如雷般的鼾声。一切都显得那么的祥和，一切又回归了平静。

生活，看似波澜不惊，却总是暗流涌动。

生活这艘船，究竟要驶往何方呢？其实，我们每一个人在出发的时候都早已明白，但在驶往终点的过程中，会突然冒出很多的不如意，而这些不如意，最终让自己没有活成自己喜欢的样子。

我想，要是生活也像企徒体育集团那样，每一次出发的时候，已经有人帮你在人生道路上插满了红色的导向旗，那该有多好呀！

如果是那样，你还会迷路吗？

她很年轻，也很漂亮，却为情所困。
与其说她是去戈壁徒步，还不如说她是去寻求心灵解脱、完成自我救赎的。

01

我和王芬认识，不是在戈壁上，不是在帐篷里，也不是在敦煌，而是徒步结束过后，在重庆戈友组织的一次聚会上。

那天晚上，她来得较早，很不起眼，安静地坐在一个角落。她话不多，看上去文雅、柔弱。她的眼睛很大，丹凤眼，淡眉，薄薄而红润的嘴唇，搭配一头淡黄色的齐耳卷发，整个人看上去十分洋气。

她很年轻，今年还不到 30 岁，皮肤很白，着一袭红裙，像刚刚毕业的大学生。她难得一笑，整个晚上都很安静。但是，她一旦笑起来，就很好看，很清纯，像一杯淡淡的茉莉花茶，沁人心脾，清香怡人。

她听说我想专门写一本关于戈壁女人的文集，眼睛一下子就亮了。她端起一杯啤酒，走到我面前，小声地问我："能否写我？"

我瞥了她一眼，觉得她太年轻，没什么好写的，就马上转移话题，故意言他。我不等她把话说完，便一饮而尽，逮住旁边的人要酒喝。但是，她比较固执，一直不走，一直端着杯子，两眼直直地望着我，等我回答。

她问："也许你瞧我年轻，没有故事，所以你就不感兴趣？"

我说："不不不，每一个人都有故事，只是我想挑最精彩的故事写。那样，才更有吸引力。"

她说："那你就写我吧。"

我问："你为什么这么坚决？"

她想了想，眼里噙着泪，回答道："这次，我去戈壁，不是去徒步的。"

我吃惊地问："那你去干啥的？"

她说："灵魂救赎。"

说完，她转身就离开了，去了洗手间。

我知道，她一定是哭去了。

02

~~~~

我决定写她。

凭我的直觉，她一定有故事。而且，她的故事肯定很精彩。

我们通过微信，约在沙坪坝的一家星巴克见面。可能是她太过激动的缘故，竟然把地点看错了，打车去了另外一家星巴克。我们约好的上午十点钟见面，她未按时到达。

我们两个人都坐在星巴克，都在等对方出现。不同的地方，又像同一个地方，却是不同的等待。

当她发现地点错误的时候，已经快十点钟了。她赶忙叫了一辆出租车赶过来。可是，那出租车司机也走错路了。大约上午十一点钟的时候，她才跟我见面。她气喘吁吁地说："哎呀，真是不好意思，让你久等啦！"

我摇了摇头，笑着回答道："没有关系的，等你这会儿，你看我在微信上聊得多欢呀！"

她要了一杯咖啡，落座后，马上就收起了笑脸。我感觉她似乎在家里打了草稿似的，便对她说："不用那么严肃，咱们就像兄妹那样聊天吧！"

她笑了，说："走过大漠戈壁，都是姐妹兄弟嘛！"

王芬来自重庆南川一个偏远的农村，父母是那种老实巴交的农民，家里生了四个女儿，她排行老幺。她告诉我："爷爷一直希望我妈能够生一个男孩儿，为了续香火。但是，我还是女孩儿。妈妈说我生下来那天，差一点儿就死掉。好在我这人命贱也命长，窒息了十几分钟后，奇迹般地活了过来。我的家境很不好，属于那种大山深处极度贫困的农村家庭。"

我笑着说："一个人的家庭出身是改变不了的。"

她表示同意，点了点头，继续说："我父亲虽然留下了我，但他还是在村里抬不起头。后来，他沉沦了，每天沉默寡言、郁郁寡欢，还酗酒，经常喝得烂醉。"

我问："他哪来的酒钱呢？"

她回答说："他在南川县城一个工地上打工，能够赚点儿酒钱。我们家都是我那任劳任怨的母亲给撑起来的，母亲是家庭的顶梁柱。父亲经常出去喝酒，不管家，有时候还出去赌博，我母亲真拿他没办法，他经常喝醉了还不回来。有好几次，都是第二天早上，我母亲到处寻找，才在玉米地里、红苕地沟里把他给捞回来的。我母亲真的很伟大，她一个人拖四个女儿，还要操心我父亲。"

我说："是啊，女人看似比较柔弱，但其内心的力量一旦迸发出来，就如火山爆发般。"

她说:"小时候的我,就是上天派来折磨我母亲的。父亲不管我们,让我们自顾自地活着。但母亲就不一样了,她除了要管我们吃穿以外,还要管我们念书。可是,那个时候,我根本就没有安心念书。我的成绩不好,脑子里成天总想着怎么好玩儿。你知道吗?我小时候,真的很悲催,至少有两三次跟死神擦肩而过。其中两次被火烧,一次还掉进水库里,差点儿被淹死。"

我吃惊地看着她,没有说话,只觉得眼前这个高高大大的女孩儿,像是要给我讲述《鲁滨孙漂流记》一样。

她说:"第一次,是母亲让我帮忙烧开水,她杀鸡需要开水。结果,那天我实在是太疲倦了,我一边烧火一边打瞌睡,没发现炉灶里面的柴火慢慢地将我的裤子点燃了,火苗一下子窜起老高,将我的裤子和衣服全部烧着了,我的头发也被火苗给烧了。我痛得在地上打滚。我身上的火苗又将柴灶旁边的一大堆柴火给点燃了。我就像一个燃着的火鸡,一边厉声尖叫,一边往门外跑。这时,我的母亲看见了,提了一桶冷水便朝我冲了过来,将我从头到脚淋了个透。就这样,我才算保住了一条小命。"说着,她捞起了右手的衣袖和两条小腿的裤管儿,给我展示上面的伤疤。她说:"这是我第一次经历磨难。第二次呢,也是母亲喊我给她端一盆热汤过去,结果我一不小心将滚烫的骨头汤全部倒在了我的胸前,我的整个胸部又被烫伤了。第三次,死神真的是想收了我的,那一次,我和我同学去水库里游泳。我们俩以为水很

浅，就大摇大摆地走了下去，结果脚下一滑，哧溜一声便沉
了下去。那个水库很大很深，就在南川永隆山上，是一座刚
刚修建好的大型水库。我们俩在水里面不停地挥手呼救。幸
好我反应很快，就在我冒出头的一刹那，我看见水面上横着
一根丢弃了的竹竿。我立即双手死死地抓住那根竹竿，拼命
地呼救。我同学也咕咚咕咚地喝了几口水。她想过来救我，
可是她也不会游泳，我们俩就不停地在水里面挣扎。幸好水
库旁边有一个妇女在洗衣服，她听见了我们的呼救声便扯起
嗓门大声喊了起来。听到呼喊声，村里的人跑了出来，七八
个男人纷纷跳进了水库。就这样，我们俩得救了。"

我很好奇，就笑着问她："回家挨打没有呢？"

她回答道："我哪敢让母亲知道呀？我们俩回家后，就
偷偷地把衣服烤干，然后装作若无其事的样子出去打猪草去
了。可是，第二天，我母亲上坡干活时，生产队的一个大婶
问我母亲，昨晚上给芬儿收魂了没有。我母亲大吃一惊，问
她究竟发生了什么事儿，那位大婶才把实情告诉了我母亲。"

我说："这下你肯定要挨一顿饱打了吧？"

她说："不，我母亲这一次反应特别的平静。她回来后
不但没有发怒，反而显得相当的平和。她十分心疼地问了我
整个经过，竟一把将我搂在她的怀里号啕大哭起来。她说：
'芬儿啦，你是妈心上的一块肉啊，以后的路还很长，还有
很多的危险，你必须得自己去化解啊！妈妈帮不上你的，妈
妈也不可能一辈子都守在你的身边。'"

讲到这里，王芬再也讲不下去了。她轻声地哭泣着。她的眼泪就像两条小溪，顺着她白皙的面颊，滚滚下落。

我无法用语言安慰她，知道她现在的泪水，正在慢慢地冲刷着她幼年时所经历过的每一次痛苦。每一个人的童年记忆，都是最清晰的，有痛苦，也有快乐，就像一幅保存好的油画，始终珍藏在每一个人的内心深处。

03

初中毕业后，由于成绩不好，王芬也没有继续读书了。她说她天生就不是读书的料，也没有人告诉过她读书可以改变命运。

她的三姐跟她恰恰相反，她三姐喜欢念书，无论如何都要念书。她们俩在念不念书这个问题上，总是意见相左。

王芬说："当然，三姐印证了读书有用论，读书也真的改变了她的命运。三姐大学毕业后远嫁广西，在一家建筑公司里面做了会计。"

那时候，王芬的大姐到了重庆，找了一个茶楼服务员的工作。王芬也就跟着她大姐到了重庆，从此开始了她的"渝漂"生活。

幸福总是千篇一律。而所有的苦难，却是五花八门、各不相同的。

王芬的讲述，也将我重新拉回到了十多年前的重庆。

那时候，重庆并不像现在这么繁华。沙坪坝、解放碑、黄角坪、滨江路、弹子石、北滨路等地方，才是重庆最繁华的。曾经的南坪，人们都认为太远啦。

王芬大姐工作的片区，也是才开发出来的高档社区。在那个年代，她的大姐是幸运的，能够从偏远的乡村来到重庆找到一份茶楼服务员工作，也是令人羡慕的。

当然，无论什么时候，重庆都充满了竞争。

在大姐的帮助下，王芬的第一份工作，就是去解放碑的一家火锅店上班。她说那时她才刚满 15 岁，像一朵鲜花，飘到了重庆，还进了解放碑。

"解放碑、杨家坪、北滨路，这些地方有我流逝的青春、不堪回首的爱情和我人生努力的见证。我认为，我像陷入了一个旋涡。就像有一首歌里唱的那样：'我想飞，却总也飞不高。'各种努力，最后都打了水漂儿。"

王芬现在回想起来，都还很激动，她说："你知道吗？那时候的解放碑，多么的繁华、热闹啊。然而，我第一个月的工资却只领了 400 块钱，我自己留了 100 块钱用，其余的都邮寄给了我妈妈。"

讲到这里，她又哭了。眼前的她仿佛又回忆起了人生起步阶段的艰辛。女人属于感性动物，也是水做的，只要受到一丁点儿刺激，便会止不住流泪。

她一边哭一边讲述："其实，当我第一次领到工资的时候，我真的是幸福的。在经历了三次事故后，我整个人就陷入了深深的自卑之中。那时候，我身边没有谁来关心我，几个姐姐都很忙，她们既要照顾生意又要照顾她们自己。其实，我的姐姐也想飞，想飞得更高。而我在火锅店里的那段日子，再热的天，我都不敢穿短袖和裙子，我怕别人看见我身上的伤疤，我怕吓着客人。夏天，重庆就像火炉，火锅店里面虽然给我们发了短袖工作服，但我从来都不穿，我只穿长袖子衣服，我要把自己严严实实地包裹起来。"

我说："其实，你应该为自己高兴才是，至少你迈出了第一步。每一个人都想飞，但起步都不是那么顺利。就像一只风筝起飞前，总会有这样那样的牵扯和羁绊。"

她说："在火锅店干了一年多后，我大姐在南湖茶楼里升任了经理，于是，我就去了南湖那边的茶楼上班了。茶楼的环境比火锅店好多了，姐姐以为我能够一直很好地干下去。但是，我那越发自卑的心理开始作怪了，总认为自己胸前和腿上的伤疤会被客人看见，被客人笑话。半年过后，我就辞职不干了。"

我问："那你去了哪儿？"

她回答道："南川啊。我回到了我老家，跟先前说的那个女同学一起开了一家美容美发店。"

"生意如何？"

她叹了口气，说："哎，我以为生意会好起来。"

我笑了，说："哈哈，青春就是用来折腾的，这句话在你身上得到了很好的诠释。"

她说："是的，那时候我更加迷茫了，始终不知道自己究竟想干什么。我厌烦了做服务员，但我却一无所有。从南湖到解放碑，是我每天都要走的路。几乎每天我都要把每一个门店逛完，逛完了过后，我的那颗焦虑的心才会获得一丝满足。有一天，我看见南滨路上有一家叫七颗星的影楼在招学员学习美容和化妆。我一下子激动了起来，我想我就是要去学习化妆，学会过后，不但可以把自己打扮得漂漂亮亮，说不定还可以给别人化妆，能够找到一份更好的工作呢！于是，我就去找我二姐商量。"

我问："那你学了多久？后来怎么样了？"

她回答说："半年过后，我以为我学到了东西，就听一个同学说去成都找工作，我就跟着她飘到了成都，还真的在天府广场的一家婚纱影楼找到了一份工作。但是，好景不长，那家影楼很快就垮了，我连工资都没有拿到，便灰溜溜地回到了重庆，再一次在解放碑租了一间房子。后来，我在北滨路找了一份化妆的工作。可是，我学的那些化妆知识，真的只是皮毛而已。很快，我又失业了。我成了每天在解放碑游荡的无业游民。"

看着不停抹泪的她，我能够想象出她内心的痛苦与无奈。她是这个社会的最普通的一分子，像一朵浮萍，随波逐流，无处生根。

她接着给我讲了她的第一任男友，一个在洗脚房工作的小伙子，他喊我去他上班的洗脚房工作。渐渐地，介绍我进去的这个小伙子喜欢上了我，对我嘘寒问暖，那是我人生第一次感受到来自家人以外的温暖。我就这样恋爱了。"

我笑着问："很好呀，你看见了一点儿希望了吧！"

她摇了摇头，回到道："我没有看到希望，青春的噩梦反而就此开始了。因为爱情，我们俩都熬得精疲力尽。"

我看了看她，知道她可能又要流泪，便故意打断她的话。可是，她像是很决绝的样子，必须要一吐为快，把蓄积在心里的苦水全部倒出来。

我看见她的眼角亮闪闪的，一滴苦涩的泪，顺着她白皙的面颊，像荷叶上的露珠一样，瞬间坠落，消失得无影无踪。

她没有抹泪，也没有带哭腔，而是十分平静地告诉我："他是一直喜欢我的，他的父母也很喜欢我，但是，是我的不成熟才导致了我们一次又一次的分手。分手后又和好，和好后又分手，我们就这样不停地折腾，不停地相互伤害。具体的经过，我就不讲了，反正，那是我爱情生涯的开始，却更像坟墓。"

我说："嗯，我很理解，你就像小龙女一样，明明自己也很喜欢杨过，却总是用尽各种方法去折磨他？"

她咧嘴笑了，说："你这个比喻太恰当了。那时候他真的对我很好，几乎是百依百顺，他还买了一辆宝马车。可是我却受宠若惊地过起了公主的生活。他想让我上进，我却迷恋上了打麻将。他每晚在洗脚房上班到很晚才回家，我担心他在外面学坏。总之，我们俩一见面就大吵大闹。唉，那段时间，我很矛盾。我既从他那儿获得了幸福，又从他那儿饮尽了痛苦。最终，他说他实在是忍受不了我，就给我留了一笔钱，自己先搬走了。"

我无奈地说："上帝给了你多少欢乐，就会再给你同样的痛苦。《百年孤独》的作者曾经这样写道：'人生的所有辉煌，都会用寂寞来偿还。'你就当在偿还你所获得的快乐。只不过，人家都是过后才去偿还的，你却是同时进行的。"

爱情像杯酒，谁喝都会醉。

王芬的爱情不但像酒，还像烈酒，她注定会喝得烂醉。

王芬人很漂亮，正值花季少女，仿佛一朵含苞待放的玫瑰，又在热闹繁华的解放碑上班，一时抵挡不住诱惑也很正常。

后来，她说她要自己挣钱养活自己。

跟男友分手后，她就去了解放碑的一家大型KTV上班。在KTV上班经常要到凌晨过后才下班，还要用各种方式卖酒，很不容易。有时还要喝酒，甚至吐了都还在喝。

我问："那不伤身体吗？"

她笑着反问我："你觉得呢?"

我没有回答。我知道那不仅仅是在伤害身体，更是在摧毁一个人的心灵。她继续说道："在 KTV 工作那几年时间，我买了一套房子。我突然又想自己创业。我想创业，我厌烦了喝酒的日子，更讨厌自己活成了自己都不喜欢的样子。那段时间，他也晓得我在解放碑上班，也在暗暗地关心我、帮助我，但我的心却坚如磐石。我想我要坚强地活下去，活出让他羡慕我的样子来。于是，我辞去了高收入的工作，一门心思地想开一家属于我自己的美容店。"

我问："成功了吗?"

她摇了摇头，说："美容店加盟费太贵了，要几十万元，我哪里拿得出那么多钱啊！而且不管做什么，投资一定要小心。我没有冲动，放弃了开美容店的想法，这是我慢慢成熟的标志，但我还是想创业。我和同学都喜欢吃酸辣粉，于是，我建议我们合伙开一家酸辣粉店，同学立马赞成了我的意见。那时候，我同学结婚了，老公很能干，在成都开了酒吧，赚了很多钱。我们合伙租了个铺子，准备开酸辣粉店。可是我们没有这方面的技术呀，我找了好几家店想去学习，店家都要收两三万元的技术费。我犹豫了，我觉得我的每一分钱都来之不易。于是，我就自己买了原材料回家，每天搜索资料，一点儿一点儿地学，一碗一碗地调，大约一个多星期过后，我煮出来的酸辣粉成功了。我的同学就是我最忠实的"粉丝"，她说酸辣粉店还没有开业，她就已经吃到吐了。"

我朝她竖起了大拇指，夸奖她道："你真行，干劲十足。"

她的脸上露出了灿烂的微笑。她说："是的，我把自己都感动了。我的酸辣粉店生意很好，每天要卖近两千多元。同学下班后也经常来帮忙，由于我跟我同学都长得漂亮，很多人绕都要绕过来吃我们的酸辣粉。不过，我和同学都假装不知道，沉心经营，价格也还公道，从来都没有超过 10 块钱的。很快，我们就收回了成本。这几年下来，我们俩还小赚了不少。我有个野心，想把我的店开出去，开成品牌连锁店，像蜜雪冰城那样走进各地的商业中心，让所有的年轻人都来加盟创业，让所有曾经像我一样在大城市飘荡过的人，都有一份稳定的工作。我的信心爆棚了。可是，今年春节，突然就爆发了新型冠状病毒肺炎疫情，将我刚刚才建立起来的梦想刺破，我彻底被打回了原形。"

04

这几年，重庆的冬天冷暖无常。有人说不冷，有人说很冷，有人却说不热不冷，巴适得很。

我是这样认为的，所谓的冷暖，可能和一个人的心情有关。当人逢喜事的时候，即使是严寒深冬，那颗心也是温暖的。而当一个人深陷迷茫和无助时，再大的太阳，也唤不醒一颗跌入冰谷的心。

星巴克里面是暖和的，但王芬的那颗心却是冰冷的。她和我聊了她的爱情和她的事业，我的心情也跟随着她的人生经历跌宕起伏。她的爱情其实是甜蜜的，只是当时她还年轻，还不懂得如何去品尝爱情。爱情不是用来争吵和践踏的，是要像品咖啡那样，一小口一小口地去尝、去试探、去感知，而不是豪饮。她的事业也是有希望的，我给她讲了犹太人的智慧，告诉她曾经的打工经历是一笔伟大的财富，她误打误撞地闯入了连犹太人都非常喜欢和羡慕的生意行业。

这些年，我看过了太多的企业关门，也听闻了太多老板的艰辛，大家的日子过得都不容易。生意做得越大，压力就越大；生意做得越小，损失就越小。而如今，王芬的生意才刚刚起步，但船小好靠岸、好掉头。

所以，我对她说："危机中也有曙光。你应该继续坚持下去，暴风雨过后，一定会有彩虹。"

她点了点头，说："我没有放弃，我和我同学也在想办法。我们去找房东减免租金，房东不同意。我们就找了一家卖彩票的店过来，一起分担房租。尽管我们现在的生意一落千丈，加上又是冬天，是生意的淡季，但我们还是照常在交一半的租金。"

我问他："那你是不是心甘情愿的呢？很多人在利益面

149

前可能会动摇，甚至不会履约。"

她说："我真的是发自内心的。我觉得做人一定要讲诚信，自己说过的话一定要兑现，不能坑了合作伙伴。我现在就把那家体育彩票店当成了我的合作伙伴。"

王芬是善良的。尽管她自己还是一朵野百合，但她却没有放弃春天那短暂的一瞬，她要把身上最美的香气播撒在人间。不管你看不看得见，野百合也有自己的春天。

我看见了单纯的王芬，她曾经的自卑和内心的焦虑还在，但她总是站在他人的立场上去思考问题和为人处事。我相信，她这种善良是她过去的磨难炼成的优秀品质。

她还告诉我在开酸辣粉店之前，在一次初中同学聚会过程中，又结识了一位在老家开 KTV 的同学。当时她很喜欢他，他也曾追求过她。后来她就主动出击，去追寻属于自己的爱情。然而，在深思熟虑过后，她才发现，他不是她要找的那个人。于是，她很快就放弃了。

我很欣慰，王芬在爱情的这片沃土里面，开始成熟了，也开始理智和冷静了。她的灵魂开始慢慢地复活，在她自己创业的那段时间里，她一边赚钱一边思考人生，这让她变得更加阳光起来。

我问她现在还是不是单身。

她沉默了，刚才还短暂地闪耀出来的一丝朝气，又跌进了谷底。她告诉我："这次去戈壁徒步，我不是去徒步的。

我是想去让我的灵魂得到救赎。"

05

她轻声哭了起来。

她说她在戈壁上踽踽而行，就是去拯救自己的。

她出发时，其他东西都没有带，就抓了一串佛珠便出发了。

我很好奇，同时看见她那么痛苦，也不忍心再继续追问下去。因为，我知道往一个人伤口上撒盐，也是一种犯罪。

她说："我太善良了，我对不起我自己，更对不起一直在支持着我的同学。"

我越听越糊涂，越听越惊讶。但我已经从她这个年龄的人口中说出来的话中，明白了很多。

她告诉我在开酸辣粉店的第二年，也就是去年，一个长得很帅、工作也很稳定的大学毕业生，通过她朋友的朋友圈看见了她，于是就租了房子住在她酸辣粉店附近追她。这个小伙子每天都去她的店里，每天都要喊很多的朋友去照顾她的生意，每天都赖在店里帮她打扫卫生，直到关门他才离开。

她的家人也很喜欢他。但是，经过了前面几次爱情磨砺的她却变得十分冷静，在双方家庭的催促下，他们恋爱了。他是搞建筑施工的，在单位很出色，不久就被安排去了云南分公司工作。他在去云南工作之前，向她求婚了，他想在当年的5月1号那天领证。他说婚姻只有一次，一定要有仪式感。

那一天，王芬思考了很久，最终还是觉得双方相处时间太短、了解得不够深入，就没有答应，说往后推一推再谈婚论嫁。他不同意，便把父母请来做工作。他的父亲买了礼物，来到她店里坐了一个下午，晚上离开的时候，还给了她一个大红包。王芬很高兴，觉得自己已经得到了对方家人的认可。于是，她答应了。

后来，他去了云南工作，她还继续着她自己的生意。他们俩每天都要微信聊天加视频通话，默默地牵挂着对方。

然而，事情的变化也太突然了，也是在今年春节的新冠疫情期间，他回来看她，滞留在了她家里三个月。

她小声地说："我怀孕了。"

我说这应该是好事呀，正好就可以结婚了呀！

可是，她说出来的话却令我非常意外。她说："先前他还十分期待尽快跟我结婚的，结果当他听说我怀孕后，竟然沉默了，说他刚刚才工作，压力大，他想过几年才考虑结婚。后来，他说他云南项目上需要资金，让我把银行卡里的钱转给他救急，我竟然毫不犹豫地转给了他。他拿到钱过后，我就再也联系不上他了。直到现在，我已经去了云南很多次，到处打听都没有这个人。后来，我身边的人都劝我算了，别找啦，他就是个骗子。其中，转给他卡上的那些钱，有一半还是我同学的。你说，我内心的伤究竟有多深！"

那一刻，她简直心灰意冷到了极点。她一边哭一边说："你们肯定不了解一个30岁的女人，内心究竟在想什么。"

她说她算看清了那个男人的本质。

我只好先安慰她："你的男友想再过几年要孩子，也是情理之中的事情吧。"

她说："但是我当时已经怀孕了，他对我怀孕前和怀孕后的态度反差太大了。而且我们女人是敏感动物，完全能够猜测得出男人的想法。况且，他拿到钱过后就消失得无影无踪了，这样的男人靠谱吗？"

我说："所以，你为什么那么轻信别人呢？"

她点了点头，说："我不知道，我后来就自己去了医院。"

说到这里，她早已泣不成声了。

我看得出来，她像是主动走进了地狱一样，并且亲自带上了那个刚刚还是胚胎的孩子。在她的内心深处，尽管事情已经过去了，但我估计她背上的十字架却越来越沉重。

她说那段时间，她每天都躺在床上哭，然后给他发微信、打电话。但是，他的手机都是忙音，微信也不回。

有一天，网络视频上有一个断臂姑娘，正孤独地在戈壁中行走，她被这个视频吸引了。她的脑子里便固执地认为她要去戈壁徒步。

她说："当时，那个断臂姑娘的影子，像一缕阳光一样照射着我。我的灵魂早已去了戈壁。我急迫地留言，仿佛那个人就是我刚刚才失去的孩子的影子一样。"

在戈壁徒步的四天三晚，她不苟言笑，也没有过多地跟队里的人交流。她告诉我同队的杨姐很照顾她，也知道她是刚刚才做了流产手术就去徒步的。杨姐私底下劝她不要再折磨自己的身体了，赶快忘掉那个男人。但是，她没有同意。她固执地想去一趟戈壁，想跟随视频里面的那个残疾人，一起去寻找些什么。

第一天出发时，她整个人都是麻木的，根本就不知道此行来究竟是要做什么。第二天，她所在的队出了很多状况，但好在队长是一个非常有爱的人，总是在不停地鼓励和帮助着大家。第三天清晨，她突然感觉有什么东西在抚摸她的身体。她心头一惊，产生了错觉。她冲着孤寂的星空说："孩子，如果是你，那今天妈妈就陪你走一天。你也要陪伴着妈妈走，因为妈妈离不开你，才来了戈壁。"她一边说一边擦着眼泪。

她的心情，天下每一个母亲都能够理解。但她的痛苦，却跟其他的母亲不尽相同。我觉得，她的痛苦不只是来自她对孩子的内疚，或者说不全是。她是对自己婚姻和爱情的彻底失望，和对男人的彻底不理解。30岁的女性，想要一个家，这是她对瞬间就消失了的爱情的救赎吗？

那个小伙子骗了她的财，她可以忘记，但唯一不能忘记的却是错位的人性。

她的一生，需要被救赎的，不光是灵魂。

她说："那天，我独自一个人，一边走一边跟戈壁交谈。我们聊了很多，聊我的过去，聊我的现在，也聊到了我的未来。我的过去是曲折的，我的现在是灰色的，那我的未来呢？我现在的生活就像那戈壁一样，空旷、灰暗、一无所有。"

她说："以前，戈壁是女的，你相信吗？"

我不相信，这还是我第一次听到有人这样形容戈壁。因为，几乎所有人都把戈壁解读为铮铮铁骨、刚毅、冷漠，无比顽强。

她给我耐心地解释。她从戈壁里带了很多东西回来，有五颜六色的戈壁玉，有戈壁滩上的细沙。她说所有的这些都证明了戈壁曾经是一片大海，里面充满了水，孕育了很多很多的生命。

"哦，能够孕育生命的，不就是母亲吗？"她这样解释，令我顿时打开了想象的空间。

她从包里取出一个红色的像信封一样的袋子递给我。我问是啥，她说是她给每一个支持过她的人赠送的一只千纸鹤。她觉得我能够听她讲完故事，也是对她的一种支持。

她还从包里拿出一个小小的玻璃瓶子递给我。我问里面是什么，她说是她从戈壁滩上装的细沙，那细沙是有生命的，已经活了上亿年了，希望我能够好好地保存，算是我俩友谊的见证。

我很好奇，用手高高地举起玻璃瓶仔细地端详。我问她玻璃瓶子里还有个东西是什么，她兴奋地说很多人都不会问她这个问题，只有我才观察得这么仔细。她回答说："我给你放了一颗心。"我问她有什么寓意吗？

她说没有别的寓意，就是她的一颗诚心。未来，她还要去戈壁徒步，并且要带很多很多的人，一起去戈壁徒步。

她告诉我："第四天，我们出发时很早，天还没有亮，月亮和星空一直陪伴着我们。当太阳从地平线上冉冉升起的那一刻，我突然就想开了很多事情。我掏出手机，对着初升的太阳录制了好几段视频。视频的内容，就是跟我的过去告别。"

我问："断舍离吗？"

她回答道："第一段视频，是跟我过去的爱情告别，感谢给我生命中带来幸福和甜蜜的所有人；第二段视频是跟我的孩子告别，生命的每一天都靠缘分，缘来缘散皆靠缘，妈妈跟你无缘，此生就此别过；第三段视频是跟我过去的事业告别，感谢过去那些曾经帮助过我成长的所有经历，无论痛苦，还是高兴，我都不计过往了。以后的路，我要重新走了！"

总之，她说她要感谢那些曾经折磨过她的人和事。没有他们的痛苦折磨，她不会成长。没有她自身的痛苦经历，她也不会醒悟。

她还要感谢戈壁，是戈壁的四天三晚，让她从一个弱小的女子，变得强大起来。

她最后告诉我，她在戈壁上真的遇见了抖音视频里的那个断臂姑娘。她跑过去一把搂抱着断臂姑娘，轻轻地吻了一下她的额头后，她的心便彻底安静了下来……

戈壁徒步改变了我，它让我的内心变得更加坚定，目标感更强。
过去的我，太在乎自己所拥有的东西了，于是就放弃了主动去探索世界的机会。
而这个世界一直在变，如果我不跟着变，就注定要被这个世界淘汰。
　　　　所以，我要先学会做一只菜鸟，以后才能够成为一只凤凰。

01

今年十月，我是坐火车去敦煌的。

抵达敦煌时，刚好凌晨五点半。

出站后，天空中还挂了一轮满月，月光像水银一般铺满了大地。密密麻麻的星星也眨巴着眼睛，好像在用吃惊的表情问我：你怎么又来了啊？

广场上两排整齐的沙柳树正没精打采地低垂着枝条，树上的叶子全黄了，在月光的映衬下，跟远处鸣沙山的颜色融为一体。

敦煌的冬天，不但比内地来得早，还脾气古怪，早晚要穿羽绒服，中午可以穿背心或者短袖。风也在乱飞，里面还夹杂着细沙。

敦煌的车站很小，人也不多。车到站时，稀稀拉拉的大约有十来个人从月台上走了出来。大家看我帽子上印有"千人走戈壁"几个字，知道我也是戈友，便都围上来跟我打招呼。

原来，这些人刚才在餐车上还见过面的，只是大家都很陌生，便一边吃饭一边望着窗外，谁都没有说话，都保持着陌路人的矜持和傲慢。当然，那时的我没有戴帽子，也没有刮胡子，一个人默默地听着音乐，喝着一罐啤酒，双脚还踩在旁边的凳子上，看上去满脸的沧桑，完全是一副闯荡江湖的模样，就更没有人前来搭讪了。

空旷的车站外起风了，一阵寒意袭来，沁人心骨，冷得我直打哆嗦。幸好接我们的大巴车到了，所有的人便蜂拥而上。大巴车内就不一样了，开了暖气，温暖如春。

刚到酒店，我一放下行李，就收到了杨敏的信息。

她问我："我和几个重庆老乡约好了去阳关，你去不去?"她知道我的行程，因为在大群里，企徒体育的工作人员和志愿者不停地在用语音播报着谁谁谁到了某某酒店，入驻哪个房间。

我毫不犹豫地回答说去。因为，出发前的一个月，杨敏还在犹豫究竟去不去敦煌。那时候，她在一个大群里不停地提了很多问题，群里的志愿者也十分耐心地给她讲解。

每一次，都有很多像杨敏一样的人，刚开始热情很高，临到众筹满了又开始犹豫。于是，我就把我写的长篇小说《一直走》的二维码推送到群里，对她说："你先看完这本书，再决定去不去徒步。"

她在群里嗯了一声，后面接连几天就再也没有听到她的声音了。不久，她添加了我的微信，私信我说她正在看我的小说，我没有回复她。我知道很多人对戈壁是既向往又犹豫，去和不去，就在一念之间，完全取决于一个人的心情。他们往往嘴上说：我要来一场说走就走的旅行，事实上，那都只是说说而已，临到出发的时候又会变卦，找各种理由拒绝。有些人是真的被事情绊住而无法成行，而绝大多数人是借故推辞。甚至有人竟然荒唐地说："哎哟，我真的走不开啊！如果我走了，打麻将的摊子就散了。"

　　我不知道杨敏是不是会临时变卦的人，我只是添加了她的微信，没有询问她的打算。

　　大约过了一个星期，估计是把小说看完了吧，她才在微信上对我说："好吧，我去。是你的小说，让我下定了决心去戈壁，我要去和我的灵魂进行一次对话。"

　　我向她发了一个大拇指的表情，就这样，她说咱们敦煌见吧。

　　第一眼看见杨敏，她跟我想象中的不一样。我以为她是地道的成都人，但她说不是。她的出生地距离重庆很近，是位于四川和重庆交界处的安岳。所以，她的骨子里深藏了重庆人的豪爽。

　　她身材高挑，腿细长，一米七的个头儿，那天为了照相，还专门穿了一身赭红色的西服，看上去更像一个模特儿了。

我笑着问她："你是做时装设计的吗?"

她咧嘴笑了,回答道:"你倒是猜对了那么一点点儿,我是做设计的,但跟时装不搭边儿。"

我又问:"那你设计什么?"

她说: "建筑装饰设计,具体点儿说就是软装色彩搭配。"

我吃惊地和了句:"哦? 色彩搭配? 难怪你今天穿得这么出众!"

她又笑了。

她笑起来很好看,嘴唇呈"O"字形,露出上下两排洁白整齐的牙齿,眼睛眯成一条缝,像个刚刚步入社会的大学生。

02

回到成都后,我去了一趟杨敏的办公室。我从她的微信朋友圈里发现了一些与众不同的东西,那就是她每天分享的图片全是五颜六色的家具和摆件。乍一看,像万花筒,又像艺术展览馆。但仔细一看,每一张图片又非常独特,图片里面的线条很清晰,构图也很简洁,给人十分舒服和美的感觉。

她说过她的职业就是色彩搭配。我作为一个外行，曾经以为就是简单地对各种带有色彩的家具进行组合而已。殊不知，当我第一脚跨进她办公室的时候，着实把我给镇住了。

她的办公室堆满了书和各种油画，还有中国字画。尤其那堆成山的书，足足有几千本。我浏览了一下，从建筑到文学，再到古今中外的艺术鉴赏，甚至还有医药经典、法律经典、宗教哲学等，琳琅满目，简直就像一个小型的私人图书馆。

我问她："你这是搞艺术品收藏，还是搞文学艺术研究？你这里看上去哪像是一家装修公司啊。"

她一边给我泡茶，一边回答我："你又只说对了一点点儿。艺术是我们公司的灵魂，其他的所谓的装修呀，家具呀，软装搭配呀，等等，那都是灵魂的具象而已。"

我不停地点头，内心深处不断地提示自己尽量少说多看，同时惊叹这世界变化很大，也丰富多彩，很多事物对我来说，都显得那么陌生，我需要学习的东西太多太多了。

这时，杨敏也给自己冲了一壶茶，在我的对面坐了下来。她笑着告诉我："这家公司是我哥的，我在公司负责软装事业部。"

我说："那你肯定是股东嘛。"

她摇了摇头，说："你又只说对了一点点儿。我哥老是觉得我应该早日成长起来，所以就让我独立运作软装搭配，独立核算，自负盈亏。我是不分担风险的股东。"

我笑了，说："哎，我看出来了，以前你肯定一直躲在大树底下乘凉。所以你哥哥才不得不让你自己出来经历一些风雨。"

说到这里，她喝了一口茶，沉默了好一会儿，才说："这次你说对了。在我未去戈壁徒步之前，在未经历那四天三晚之前，我是无法理解我哥的。但是，就是这次去戈壁徒步，让我在没有手机信号，没有任何业务电话打扰的情况下，一个人慢慢地走，慢慢地思考，把我这十几年在公司所经历过的事情重新进行了一次回放和梳理。我发现，过去的我就像你说的那样，始终没有站起来，始终像一只小鸟，每天躲在哥哥这棵大树底下，做着各种幻想和七彩的梦。"

杨敏说到这里，表情严肃，眼神朦胧地望着窗外，像是陷入了沉思，又像是陷入了对过去痛苦的回忆。她告诉我，她出生在农村，父母都是典型的农民，哥哥很早就步入了社会，并承担起家庭顶梁柱的角色。哥哥既要负责自己的人生，又要照顾弟弟妹妹的学习。那时候，杨敏只有一个愿望：长大后能够进城，像哥哥一样在城里找一份工作，买房买车。

她摇了摇头，自言自语地说："以前，我把人生的目标定得太低了，低得很离谱。这是我戈壁归来后，一直在脑海里面思考的问题。我开始理解我哥以前为什么对我恨铁不成钢了，他和弟弟在飞，而我却还在原地踏步，像一只蜗牛，不但爬得慢，有时候还故意偷懒。在工作上，我没有主动性；在事业上，我像一只绵羊，没有进取心；在生活上，也毫无激情，每天就像掉进了温水里的青蛙一样，只看得见眼里锅盖那么大的一片天。"

我问："难道是这次戈壁徒步让你有所感悟吗？"

她回答道："是的，这次在戈壁上，当我第二天走到第七十面旗的时候，整个人简直要崩溃了。我的两条大腿已经麻木，我开始后悔，也开始质疑我为什么要来戈壁自找苦吃。这时候，从我身后走过来一个大哥，他见我一个人弯腰在那里流泪，便走过来一把拉着我的手，鼓励我不要停，匀速走，才不会感到累。我闭上眼，默默地跟着他走。那一刻，我的脑海里浮现出来的不是别人，而是我哥哥。这么多年来，都是我哥哥在拉着我走。我被动地跟着，前方的路究竟有多远？我不知道。路上究竟有没有危险？我也不知道。我知道哥哥在这些年里几起几落，跟合伙人分手，然后独自创立公司，哥哥能够走到今天确实很不容易，可在他自己都很累很艰难的情况下，还不忘拉着我和弟弟朝前冲。我哭了，号啕大哭了十几分钟。我感觉戈壁也哭了，跟着我呜咽。眼前那个蒙了面，一声不吭就拉着我朝前走的人，一定就是哥哥的灵魂。"

我说："你哭过之后，就下定决心了？"

她回答道："嗯，哭过之后，我就开始思考：设计究竟是什么？为什么我哥对它那么痴迷？"

我问："想清楚了吗？"

她说："设计，就是创造性地提出问题并解决问题，设计的核心就是解决问题。我们今天面临的问题很多，也很复杂，比如环境问题、贫富差距问题、农村的没落问题、人口老龄化问题、居住条件问题、教育问题、就业问题、社会公平问题等，这些看似跟设计不搭边儿的问题其实都需要设计师们勇敢面对和认真思考。这些问题离我们很远吗？其实不远，反而离我们很近很近，尤其跟我们的生活息息相关。而今天的设计不是简单的设计，设计里面又蕴藏着可持续发展的问题。如果你的设计不能做到可持续发展，那你的设计有什么意义呢？所以，我的理解是：可持续发展跟可持续设计，二者是紧密相连，不可分割的。那么，可持续设计又是什么呢？可持续设计，就是要解决人的真实需求。现在，社会上很多需求是假需求，不具有可持续性和包容性。所以，我认为包容性设计，才是未来可持续设计的落脚点。"

我很吃惊，眼前这个刚才还在哭鼻子的小姑娘，一谈到设计，竟然从她嘴里蹦出来这么多的哲学道理。

我问："经过一番思考后，你就从可持续设计里又细分了色彩搭配出来吗？"

她说："是的。""反者道之动，弱者道之用"，这是咱古老的东方智慧。我就是要在大家都看不明白、想不清楚的情况下，脱颖而出。我认真研究了色彩搭配艺术，在普通人的眼里仅有几种颜色，而在我的眼里却深藏着上万种颜色，即便是我们日常搭配使用的颜色也至少有一千多种。"

我吃惊地问："那你的意思是，在你的眼里，我说是红色，你肯定又要纠正我说不是红色？"

她喝了一口茶，看着我，笑了。她说："色彩搭配很抽象，它本来就是一门高雅的生活艺术，不像你所说的那么简单。

03

人生的路，很像戈壁徒步。

刚开始的时候，咱们每一个人都无所畏惧，尤其是第一天，大家多多少少都带着新鲜感上路。第一天走下来，很轻松，一种骄傲感便油然而生，认为戈壁也不过如此，还不是轻轻松松就走到了营地。第二天，带着第一天的成就感开始上路，就像每一个人的青春期，怀揣着各种梦想抵达营地。第三天，就像人到中年，各种困难和矛盾凸显出来，能够战胜自我才是最大的胜利，有的人咬牙坚持，一路上拼搏。第四天，是一个人最成熟的阶段，无论前面经历了什么痛苦，希望和目标都在眼前了，不再冲动，也不再失望，结果在那里，终点在那里，未来也在那里。所以，我们每一个人在冲过第四天的终点线时，不再像第一天那么幼稚，也不再像第二天那么激情满满，更没有像第三天那样泪流满面，而是带着一脸的淡定和从容，脚步坚定地朝着自己心中的方向走去。

我们之所以去徒步，绝不是去简单地走路，而是去修行，去锤炼意志，去跟宇宙对话，去处理好"我和我的关系"，去化解"我和我的矛盾"。

杨敏的路并不平坦，她说她的心里曾经有一块冷若冰霜的磐石，沉甸甸的，压了她至少两年。

2012 年，她因为工作上不用心，搞砸了几个大单，被哥哥指着鼻子大骂。那时候，她还很年轻，明明就是在哥哥公司里打工，却养成了一副大小姐的脾气。说不得，骂不得，还批评不得。她就像一块透明的玻璃，一碰就碎。

她自我解嘲地说她本来就是丫头命，还故意跟哥哥对着干，一气之下她离开了公司。

我问她离开公司过后干什么去了。

她说她租了个铺面，开了一家菜鸟驿站，收发快递。

我便打趣地说："嘿嘿，你还真行嘛，成了马云的合伙人。"

她苦笑了一下，回答道："哎，那个累和苦就不提了。对于一个像我这样过惯了被哥哥随时呵护的人来说，什么菜鸟驿站啊，就是一种很辛苦的体力劳动。每天睁开眼睛，满眼的包裹，但都是别人的。你知道，对于一个爱美的女人来说，每天帮别人取网购的衣服、鞋子、包包，还有一些琳琅满目的化妆品，那种日子是多么的煎熬啊！后来，还是我弟弟懂我，他来我门市上劝我回去上班，说：'哥哥骂你，是心疼你，怕你办事不长脑子，这个社会不是你想象的那么简单。他想你尽快成长起来，以后自立门户，能够出去飞，飞得越高越好，飞得越远他才越高兴！'"

我说："你弟弟来劝你回去，说不定是哥哥派来的呢?"

她点了点头，笑了，继续说："是的，但我依然还在装，还很高傲，故意气他。后来，我嫂子也来跟我做工作，喊我回去帮一帮哥哥。嫂子的一席话让我找到了一点点儿存在感，觉得哥哥也是需要我的。于是，我又带着盲目的自信，重新回到了哥哥的公司。那时候，哥哥跟以前的合伙人发生了分歧，他自立门户，成立了现在的公司。我回去后，却更加迷茫了，就像你刚才踏进公司的第一感觉一样，觉得哥哥是不是不务正业了? 怎么一下子退出一个好好的专业设计公司，要来重新搞艺术设计了吗? 那时候，我的眼界和知识面还非常窄，公司的业务也搞不懂。哥哥就让我看书。他经常对我说'多阅读，多看书，你才会慢慢地成长'。哥哥还获得了一项设计大赛的最高奖项，头上光芒四射，结交的圈子也越来越大，而我和他们在一起的时候，连插一句话的机会都没有。一种自卑感悄然而生，我又重新回到了我以前的工作状态。"

我吃惊地问："在哥哥的公司里面混日子？"

她回答说："算是吧。我跟哥哥的差距太大了，他像一只鹰，每天都在天空翱翔，而我就像一只菜鸟。啊，我真的受不了，难道我真的是菜鸟吗？"

我开玩笑地说："你不是开了菜鸟驿站吗，定位还蛮清晰的嘛。"

她说："其实，我也有想成为一只凤凰的梦想啊。后来，还是哥哥的想法更超前。他逼迫我去修习稻盛和夫的管理哲学，每周安排人监督我去成都的盛禾树听课，回来后还让我坚持在手机上听一些讲座。他说一个人如果没有自己的成熟思想，那就是行尸走肉。一个行尸走肉，怎么能够干好工作呢？只有好的思想，才会塑造出一个优秀的人。一个优秀的人，才会成为一个优秀的管理者。而稻盛和夫的核心精髓，就是利他精神。我哥说，他要让全公司的人都去学习。过去，公司的工作都是围绕利益去开展的，那样的结果就是，所有的人包括供货商，都掉进了利我的漩涡。大家都站在自己的角度去思考问题，出了问题也不配合，各自为政。而利他精神，刚好相反，无论是公司员工，还是那些普通的供货商，都站在利他的角度去开展工作。遇到问题时，每一个人首先想到的是我这样做对其他岗位有没有影响。他这样一宣传，我突然眼前一亮，感觉哥哥真的很厉害，以前和他对着干的那种小姐脾气竟一点一点地消失了。我开始服从他，也开始发自内心地崇拜他了。于是，我学习起来就非常认真。最近，我又在主动修习王阳明的知行合一了。知行合一跟稻盛和夫的利他精神相互融合，让我的内心变得越来越敞亮了，我开始站在哥哥的角度去思考公司的未来了。我觉得，这是我最大的改变，也是我从戈壁归来后最大的收获。"

我问："以前，你关注小我比较多一些；现在，你放弃了小我，开始呈现出一个大我来了？"

她朝我竖起大拇指，自豪地说："嗯，你说对了。以前啊，我就是很自私，格局小，每时每刻都把个人的利益放在首位。而现在呢，自从我修习了盛禾树以及知行合一后，我逐渐忘记了小我。以前我在给客户介绍业务的时候，内心非常急迫，非常焦虑，总担心客户不签单。现在不了，我变得很淡定了，很稳重了。我会用我的专业知识，一点一点地跟客户沟通到位，让每一个客户脑子里能够呈现出新家的画面，甚至细致到每一个角落要摆一个什么颜色、什么材质、什么样式的摆件。即使到最后，客户不签单，我也无所谓了，我依然会很满足，为什么？因为我本来就不是来签单的，而是来传播艺术的。艺术就是美，美就是生活。我让客户在脑海里先享受了美，我是快乐的。"

04

人的每一次突破，都是非常艰难的事情。

就像小鸡破壳一样，如果自己不在蛋壳儿里面努力，母鸡是不会帮忙的，旁人更是帮不上忙。

杨敏说她必须突破，破掉她身上那些坚硬的外壳。

她说她从来不喝酒，即使在平常的业务应酬时，她都滴酒不沾。为此，她还得罪过不少人，也损失过不少单。但是，这次去戈壁徒步，她说在帐篷里第一次喝酒了，而且还第一次喝了三杯白酒。

她口若悬河，兴奋地描述着喝酒的场面，像是在说书一样。我十分理解她此刻的心情：一个人，如果认识到自身的改变，哪怕只是一丁点儿的变化，也会很有成就感。她内心兴奋的，其实不是喝酒本身，而是喝酒后她自身的蜕变，仿佛那三杯白酒就是火焰，将其自身进行了熔化。

"反者道之动。"她说："我不懂哲学，哥哥学问很深，以前他总是有意无意地逼我看书。那时，我是被动的，没有动力的。现在，我理解了哥哥的苦心，由被动变成了主动。这就是我哥哥为什么突然让我独立出来，给我发展的平台，让我自由去创造属于自己的未来。以前，哥哥总想拉着我跑，可我就像一台冰冷的没有动力的机器，跟不上他的脚步。我累，他也累。现在，哥哥懂得了放手，他鼓励我去戈壁徒步，去看看外面的世界，去结识更多不属于我们那个圈子的人。我懂了，原来他也参悟透了'反者道之动'这句话的哲学道理。放手，才是真正的牵手。"

我说："你哥也有突破。"

她回答说："是的，我哥基本上不参加应酬，他有时间就看书。你看，我办公室这上千册书，都是我哥看完了的。你知道他为什么要放在我办公室吗？他自己的办公室那么大。哈哈，他心里想的啥我还不知道吗？无非是想刺激一下我，让我也学会看书。你看，那一本《设计之外 德艺之间》就是我哥自己写的。以前，我还不屑一顾，以为他是在故意卖弄风雅。但这次戈壁归来后，我就天天翻一翻他的杰作，收获还真不少呢！"

"这次，我不但在喝酒上突破了自己，还一口气走了这么多的路——108 公里啊，你说我伟大不伟大？厉害不厉害？当我拿到沙克尔顿奖的那一刻，我流泪了，为自己的坚持而流泪，为自己的蜕变而流泪。这种泪，是高兴的泪，是一种发自内心的幸福之泪。"杨敏越说越激动，仿佛自己又回到了戈壁一样。她喝了一口茶，继续补充道："我蜕变了，我跳出了曾经的困局。这就是所谓的破局重生了吧？回来过后，我开始给我自己做设计了。我将以前的那个我，推倒，重构。我为自己设计了一个色彩斑斓的人生舞台，那个舞台很大，绚丽多彩。那个舞台就是我的软装色彩搭配，我要主动服务于至少 10 万人，这是我的心愿，也调整了我的初心。我要为他们提供色彩搭配咨询服务，定期开办讲座，每个月搞一场沙龙，努力去尝试一些新的方法，打破旧有的传统营销模式。以一种真正的利他精神，先让一部分人在精神上富裕起来。只有在精神层面富裕了，他们才会有实际行动，才会真正地理解我所从事的行业，才会主动来跟我谈业务。我不需要像过去那样，一见到准客户就心虚，就各种患得患失，内心焦虑，担心客户不签单，担心自己的努力又白费了。现在，我不怕了。我先学会做一只菜鸟，我就不相信以后的我不能成为一只凤凰。只要我努力，只要我像戈壁徒步那样，心无旁骛，走好每一步，踏踏实实，总有一天，我会变成凤凰的。"

是的，我们每一个人都有成为凤凰的潜质。但是，要想成为一只骄傲的凤凰，必须先要做好一只菜鸟。

那么，菜鸟究竟怎么练成呢？

菜鸟，就是已经参悟透了往后人生的人，已经把自己的未来进行了重新设计的人，已经把自己的身段放在最低层做事的人。菜鸟，不是目光短浅的人，而是慧根很深的人。

"现在的杨敏，就是菜鸟。"我这样说，她非常的开心。因为，她想到的是凤凰。

离开的时候，我再一次站在那一堆书山面前，依依不舍，肃然起敬。我的脑海里，从先秦到春秋，到民国，直至当代；又从中国到世界，再从世界回到中国。那些古今中外的书籍，竟幻化成了一片广阔无垠的蔚蓝色的大海，波光粼粼，白帆点点。

我看见大海里面有鱼，那些鱼是我，是杨敏，是杨洋，更是那一群在戈壁里低着头、流着汗、踽踽而行的戈友。

生命是这样的，就是说没有一个我，没有一个昨天的我还延续到今天。

今天的我，不一定就是昨天的那个我，仅仅是相似、差不多。

今天的我跟昨天的我差不多、相似，相似相续，连续下来，非断非常。

——摘自梁漱溟《这个世界会好吗？》

01

当我结束对蓉儿的采访时，天色已晚，重庆的天空阴沉沉的，就像一块巨石压在心头。坐高铁时，有一个问题一直在我的脑海里萦绕，那就是：这个世界还好吗？

这个世界还好吗？一百多年前，梁济老人就问过他儿子梁漱溟。当年，梁漱溟回答得很轻松，说："这个世界会好的。"

第三天，梁济老人就投湖自尽了。他是想用最干净的灵魂来警示这个世界。

儿子梁漱溟十分痛苦，百思不得其解。他花了一辈子来研究哲学，研究佛家和儒家，来思考父亲的这个问题，直至晚年才口述了这本书——《这个世界会好吗?》，将他思考的父亲的问题，让一个美国传记历史学家记录整理出来。

《这个世界会好吗?》这本书，从佛家和儒家的角度，阐释了如何为人，如何去解决人与人、人与物、人与我三个维度之间的关系。前面两个维度，很好解决。最难解决的就是第三个维度，那就是人与我的关系。所谓的"人与我的关系"，其实，就是我们要解决好"自己跟自己的关系"。

我刚上大学的时候，曾经在图书馆里草草地翻阅过这本书。当时，由于我还年轻，静不下心来阅读这样高深的书籍，也看不懂。最近，人过中年，重读此书，竟然热泪盈眶，脑海里总感觉自己像一个饱经风霜的人，正在亦步亦趋地走向布满青苔的阶梯，放眼望去，竟不知自己身处何方……

那天一见面，蓉儿就对我说，她的前半生很像电视剧《我的前半生》里面的罗子君，但她比罗子君还惨。

还未等我开口，她就已经在流泪了。

我知道，眼前我要写的这个戈友一定有故事，而且故事的内容很沉重，就像朝天门嘉陵江底下的那块硕大的磐石。

我们从她的少年开始聊。她说她生于农村，还有个弟弟。她的父母常年多病，母亲罹患偏头痛，父亲患有癫痫，一条大腿还经常性麻木。小时候，家里最厉害的人便是奶奶，是奶奶一个人把整个家撑起来了。

她没有念完小学就辍学了。由于父母经常发病，家里的情况令她不得不很早就开始干活，每天起早贪黑地帮奶奶割猪草、打草帽、编织一些篮篮筐筐，走村串户地去兜售，换得几块钱回来，给父母亲抓药用。

那时候，弟弟还小，她一边照顾父母，一边照顾弟弟，供他上学。父亲的癫痫病时不时发作，一发作就有生命危险。每次她看见父亲发病，内心都十分恐惧。奶奶就会让她赶快去喊村里的赤脚医生过来打针。她说，那时候，这一幕始终像电影一样深深地扎根在她幼小的记忆深处。长大后，她还经常做梦。梦中，她还光着脚丫，飞奔在滑溜溜的田埂上，嘴里还大声地喊着赤脚医生的名字。

她一边讲，一边抹泪。

她的命就是这样，生根于一个苦命的家庭。

她像一朵苦菜花儿一样，渐渐地长大。13岁那年，她已经非常懂事了，思想成熟得像一个大姑娘。在表姐和表姐夫的劝说下，她偷偷地跟着他们去了东莞。她说，那时候，出门身无分文，她和表姐夫妇坐上了南下的汽车。到了贵州凯里，汽车坏了，司机将一车人扔在了半路上。他们三个人相互鼓励，走了三天三夜，一路向南，去寻找他们的未来。因为那时候南方有工厂，有工厂就可以打工，可以打工就有工资。

那时候的工资两个字，在她幼小的心灵里像一颗硕大的太阳，代表着温暖、希望。她说，他们一路翻山越岭，鞋子走破，脚掌磨破，路上还被别人打劫，但他们都不怕。表姐很乐观，一路上鼓励她，给她描述领了工资后如何开销，如何买新衣服，买好吃的零食。表姐夫人很老实，身强力壮，是他们一路上值得信赖的保镖。

到了东莞，表姐和表姐夫很快进了一家服装厂。蓉儿没有文化，准确地说她什么毕业证都没有，就进不了厂。她流落街头，到处去参加应聘，可到处都人山人海。别人都手拿红本本（毕业证），她没有。但是，年轻的她没有灰心，依然充满希望。她说，那时候，她刚刚步入社会，什么都不懂，就连别人找得到工作自己却找不到这件事，都没有想明白。她每天都在思念父母，每晚都偷偷地流泪，担心自己走了，父母生病了咋办。后来她被一个好心人介绍进了一家皮鞋厂，慢慢成了一个车工。

我问她车工是什么，她回答说就是踩缝纫机，把皮子缝合起来。

她说她个子矮，机器很高，不得不让人把凳子的腿锯一截，让自己的双脚能够用得上力。

她第一个月领了300块钱的工资，便立即找到表姐，让她教自己给家里写信、汇款。她给母亲汇了200块钱。

从此以后，父母在老家看病的钱不愁了，年迈的奶奶也轻松了不少。村里的人也纷纷议论，夸她是个好孩子，有孝心，将来有出息。她还定期给弟弟写信，鼓励弟弟好好学习。她告诉弟弟，外面的世界很好，只要有红本本就不怕，到处都可以找到工作。弟弟每年的学费，都是她给的。

她13岁离家，在东莞一干就是3年，其间都没有回家，因为她舍不得路费。舍不得呀，她真舍不得。她的家乡在广安华鋈山深处，山高路远。如果要回一趟家，坐火车至少要两三天，往返一趟最少要花十来天。这期间，不但要花掉好几百块钱的路费，耽搁那么长的时间还挣不到钱。于是，几乎所有的打工仔们都选择了不回家。那时候，电话没有普及，手机只有极少数人才可以使用，他们只好选择了孤独，偶尔写一封信，其余时间，就全靠思念了。

她说，那时候，每一年春节才是她最难熬的几天。一封信要走半个月，等收到回信时，春节早就过完了。家里究竟是什么情况？她不知道。因为父母没有文化，回信都是请人写的，有时候弟弟也可以写回信，但在信上什么都讲不明白。

小小年纪的她，既要加班加点地干活，还要牵挂着数千公里以外的老家，尤其是老家的亲人。

每天晚上，她都会梦见奶奶佝偻的背影。每天早上，她都会从梦中哭醒，因为，梦里才有亲人。为了多挣钱，她不敢贪睡，主动要求加班。后来，由于她十分能吃苦，表现非常优秀，厂里破格提拔她为生产组长。

说到这里，她咧嘴笑了。她说，那是厂里对她的肯定，也是她初入社会后，第一次被这个世界认可。

是的，那一段经历，是中国广大务工农民最真实、最普遍的写照。蓉儿只是中国上亿打工者的缩影。

改革之处，春风吹拂，最先掀起高潮的是广东。那时候，全国都吹响了务工号角，南下打工，是不少中国农民的希望。一家人中，只要有一个人出去打工，几乎就能挽救整个家庭。

02

蓉儿说，三十年前，她遇到一个人品极差的男人。说到此处，她的泪水像泉水一样往外涌。

她说："我的一生，几乎被他给毁了。那时候，我还年轻，不懂事，不识人，我糊里糊涂地恋爱了，我们艰难地生活着，吵架、打架是常事。他还经常进派出所，是东莞厚街每一个派出所的常客，我还经常被通知去赎人。这样的日子，直到前几年才最终结束。现在，我只剩下我女儿了。儿子今年二十几岁了，跟了他，女儿跟了我。"

我不好再问，看她特别伤心，想把话题转移到戈壁徒步上来。可是，她的思绪已经停不下来了。她伸手扯了几张纸巾，从里面挑出来一张，擦干眼泪，准备继续说下去。

看她擦眼泪那个架势，我明白她是想彻底敞开心扉，把隐藏了多年的苦难都讲述出来。我默默地看着她，一句话也不敢插进去。

她说："当年，我真糊涂。他以老乡的身份，跟我套近乎。那时候，我已经是厂里的生产组长了，他才刚进厂，见我是管生产的干部，就甜言蜜语地讨好我。他问我是哪儿的人，我如实告诉他我是广安人，他立即说他也是广安人。那时候，你知道，我一个人离家都3年了，在他乡遇故人，别提有多高兴了。他向我献殷勤，给我打饭、端水，我一个丑小鸭一下子就被他捧上了天，像气球一样轻飘飘的。16岁，正是一个女人的花季，遇到一只蜜蜂，别说我内心有多甜蜜了。没过多久，经过他一番死缠烂打后，我们就过上了我所期盼的恋爱生活了。可是，住在一起后，我才慢慢发现，他很危险，他是一个社会恶棍，长期游荡在东莞。"

我吃了一惊，问："你怎么发现的？"

她回答说："那一年，我们商量一起回老家，让双方的父母都认识一下。结果，当我们回到他家的时候，我才知道他在工厂里使用的名字和身份证都是别人的，他的真实名字我不知道，我吓出了一身冷汗。我问他为什么要欺骗我，他死皮赖脸地给我讲了很多理由，总之，他是在躲避什么。并且，那年春节，最令我伤心的是，他口口声声说跟我是广安老乡，结果他是达州渠县人。唉，我被他气得想死的心都有了。好在他家父母对我还比较好，生怕我不答应他儿子这门亲事。我的心软了，原谅了他。可是，后来，他的恶习彻底暴露出来。他不停地换工作，我都没有搞懂他究竟在干什么。直到后来，派出所又通知我拿钱去取人时，警察才告诉我说他在干一些不法勾当，就是以老乡的身份，把一些工厂

187

里面的小姑娘劝说出来，送进东莞的洗浴中心、KTV歌厅等场所工作。当时，我气得晕倒在派出所里。"

我问："那你还跟他在一起？为什么还要拿钱赎他出来？"

蓉儿哭得更伤心了。她回答说："是啊，现在想来，我自己真的很傻，很傻。我竟然用我辛辛苦苦打工赚来的那一点儿工资，无数次地去赎他，帮他还账。他每次回来就给我保证，口头上说一定悔改，但是，过不了几天，他又不安分了。"

我说："当断不断，必留后患。"

她哭诉着说："是啊，我为什么那么善良呢？"

我打断了她的话说："你那不是善良，是在纵容一个人跌向深渊，而你自己也跟着一起下坠。他的加速堕落也跟你有关。"

她继续说："后来，我们又有了孩子。我说我不要，但临到医院手术室那一刻，我又后悔了，舍不得肚子里的那条生命啊。儿子出生后，我被迫辞职，回到他在渠县的老家，一边带孩子一边干农活。从孩子出生到念小学的那几年，我们几乎天天吵架、打架。"

我问："难道不打工了？"

她想了想，回答道："看着孩子慢慢长大，我跟他商量说，咱们孩子也有了，也应该思考一下未来了。咱俩虽然没有念书，但不能让孩子也像我们一样没有文化啊！我提出在渠县县城购买一套房子，装修好后，让他父母过去照顾儿子念书。他同意了，也同意改，以后共同经营好这个家，还给我写了保证书。那一段时间，我们又回到了东莞，让他跟着一个老乡学习皮鞋打版，学一门技术。我开始不满足于挣那一点儿工资了，于是，我就自己开始租房、招工，还把我弟弟也喊来帮忙，开始接手一些大型皮鞋厂的加工订单了。最高峰的时候，我的加工房拥有七八十个工人，订单也蛮多的。就这样，他去了一家皮鞋厂做鞋样打版工作，我自己到处接订单做代加工厂。本来，这应该是最好的状态了，可是这样安宁的日子不到一年，他又开始到处跳厂换工作，人也开始膨胀了。唉，我以前那些相处得好的工友们实在看不下去了，跑来跟我说，让我干脆和他断了算了。"

我说："一个人的本性是很难改变的，尤其是那种没有文化，又没有自制力的人，就更加艰难了。"

她点了点头，抹了一把泪，接着说："后来，他被派往杭州分厂上班。没有办法，我不得不关掉东莞的代加工厂，随他去了杭州。到了杭州，我开始联系皮鞋厂家收集订单，又开办了一家加工厂。这次，我招聘了五十多个人，都是熟练工，承接到一些大品牌鞋厂的订单。我赚的钱都拿回去交了渠县的购房款，他的工资就他一个人花，偶尔还来找我借钱。唉，我这人呀，心真的很软，想着都在一起吵吵闹闹几十年了，也就认命了。新房子买好了，我儿子也该上小学去念书了。我回去跟公公婆婆商量，他们却死活不愿意去城里住。这样，我给儿子规划的美好蓝图也被搁浅了。后来，你是知道的，孩子不得不在他们农村找了个地方学习。如今，儿子书也没有读出来，也跟他在杭州打工。我似乎陷入了黑洞，想逃都逃不出去。你是文化人，你们看得很清楚，我是当事人。当事人往往像坠入了迷雾，什么也看不到，就像盲人一样，四处都找不到方向。"

窗外吹风了，街道上挺拔的银杏树却纹丝不动，唯有树上的落叶在翩翩起舞。

阴郁的天空，没有一丝阳光，就像我现在的心情。我让她喝一口水，舒缓一下情绪。

那一刻，我在想，其实她就像落叶，还在风雨中飘摇。她本来有很多次机会可以从黑洞里跳出来的，可是，她却没有主动往外跳。她最后的那几句话提醒了我，她是当局者迷。我们作为局外人，以为很简单，很轻松，跟老公离婚只是一句话的事情。可是她，一个心地善良又不懂世故不够圆滑的女人是很难做到的。她虽然一直身在广东，骨子里却非常保守。她从小跟着奶奶长大，奶奶对她的教育实实在在地影响了她一辈子，也害苦了她一辈子。这也是以往那个年代大多数中国农村女性不能自我解放的主要原因，同时，还是那个特殊的打工群体在婚姻方面的尴尬。

03

悲剧，往往就是那些本应该值得同情的人自己塑造的。可现实生活里，很多时候，悲剧上演时，塑造者明明知道已经是悲剧了，却还要继续登台表演，一幕接一幕。

幸福，多姿多彩，而痛苦却往往千篇一律。不幸的生活都差不多，似曾相识，相似相续。

她买了房子，儿子却没有念上理想的城里学校，丈夫还继续重复着过去的恶习，偶尔还被抓到派出所去。

她本应该在失望之际，跟他彻底分手，了断后还可以重新规划一下自己的下半生。

可是，她没有，她却选择了跟他又生一个女儿。

这是我十分不理解的地方，也是对她感到迷惑的地方。

女人，有时候就像一团迷雾，云遮雾绕，亦真亦幻，缥缈虚幻，让人摸不着头脑，看不清其内心的真实想法。然而，悲剧常常在迷雾中产生，然后迅速地蔓延开来。

"2013年，我提出必须离婚，再也撑不下去了。在经历了无数次的争吵后，我们终于在2015年把婚离了。那时候，女儿才两岁。我甭提有多高兴了，我带着女儿在全国各地玩了一遍，心情也舒畅多了。身边的朋友也来祝贺我，都说我总算成熟了，终于彻底摆脱了，走出来了。我把苏州的加工厂也关了，一身轻松地回到了广安老家，安安心心地照顾年迈的父母。但是，这一切，我都没有对他们说。其实，也没必要说起。我年迈的父亲癫痫病也好了，母亲的偏头痛也不那么严重了。"

为了不让女儿再次步儿子的后尘，为了给女儿一个安定的家，她没有告诉任何人，2019 年 6 月悄悄到了重庆，投靠在表妹家。她给孩子找了一所公立学校，自己暂时租了个铺面，代理经营白云山精油。

我问她生意咋样，她回答说疫情前还可以，基本上打开了销路。但突如其来的疫情，给了她一个措手不及。尤其是春节那段时间，她感到十分焦虑和恐惧，所有的人都被迫关在家里，生意一落千丈，她不得不另想办法，先活下去再说。

我劝她不要焦虑，一切都会好起来的。她笑了，说尽管现在的日子过得很艰苦，但是，也比过去的日子好，至少心不再那么累了，一切都变得云淡风轻了。

我问她是怎么想起来要去戈壁徒步的。

她笑了："说句心里话，我现在这种生活状况，并不是像很多戈友那样去旅行、去度假，或者说专门去挑战身体极限的。我是带着一定的目的去的，看看能否寻找更多的商机，或者能否结识对我有帮助的人，或者最好能够遇到一个对我现在的生活有所帮助的男人。"说完，她不好意思地笑了。看得出来，她的思想已经非常成熟了，在经过三十多年的婚姻折磨后，她对家庭和婚姻的理解再也不是十几岁的小姑娘那样了。她说她在戈壁徒步的那几天很少说话，也找不到什么话题来跟大家交流。她唯一能够帮助大家的，就是每天拿出自己随身携带的白云山精油，默默地帮每一个队友涂抹、擦拭、按摩，以缓解队友的疼痛和肌肉的紧张。

我笑着问她："那你有收获吗？"

她摇了摇头，沉默了一会儿，才回答道："没有收获，我是说实话哈。你也知道，我不像你们文化人思想复杂，看见戈壁上一块石头，都要写诗赞美一番。"

我笑了，问她是不是在说我。

她也开心地笑了，点头说是的。

她说她从戈壁回来后，仿佛整个人都还在戈壁上游荡，每天都要游走在戈友的朋友圈里。她看了我发的朋友圈动态，放了几张照片，照片上是从戈壁里捡的一块白色石头，还从不同的角度进行了拍摄，配了一首诗。

我说："是的，生活离不开诗和远方啊。"

"我只有远方，没有诗。至少现在没有，也不知道以后会不会有。现实就是这样残酷，你越想得到美好的生活，那美好的生活却离你越来越远。"她自言自语道。

我问她下一步有什么打算，她的回答很简单，就是想办法活下去。继续拓展自己的小生意，赚点儿钱先养活自己和孩子，其他的事情先放一放，包括理想和梦想。

当我离开重庆时，心情沉甸甸的。

高铁在飞驰，泪水在滴落，就像重庆的秋雨，落在心里冷冰冰的。车窗外，那滚滚的嘉陵江水变得不再那么平静，而是波涛汹涌。

我慨叹人生的脆弱，更悲叹人生的无常，蓉儿就像江底的一粒细沙，毫无选择，只能随波逐流，接受命运的安排。好在每一粒细沙，都很有韧劲儿，还经得起激流险滩的冲刷。

蓉儿的前半生，既像《我的前半生》，又胜过《我的前半生》。这是一种普遍现象，是那个年代的烙印，更是曾经那个打工群体所必须要经历的一次痛苦的涅槃。因为，类似的故事，我相信不止她一个人。

临别时，我对她说："你没有错，但你也有错。没有错，是因为你始终保持了善良；你有错，是你不会选择。一个人，在漫长的生命旅程中，必须学会选择，就像戈壁徒步那样，越长的路越要挑选好同行的人。否则，一路上磕磕绊绊，走走停停，何日才走到尽头啊？"

车窗外，天空正下着细雨，华蓥山云雾缭绕。外面很冷，车内却温暖如春。因为，车上的电视正在播报新闻，新闻内容是贵州全省脱贫了。而在我的脑海里，那些一直隐身在大城市各个角落的打工群体，他们怎么样了呢？

　　不过，问题总会解决的。因为，我相信这个世界一定会越来越好。

戈壁一无所有，如何给她安慰？

她硬是用一种不可思议的方式走完了108公里。

就像她过去的人生经历一样，越是在困境中，越要绽放出属于她自己的诗意人生。

01
~~~

　　今年十月的敦煌，游客不再像往年那样人山人海了，可能是受到疫情的影响，也可能是因为这个冬天来得特别早。在我抵达敦煌之前，我所在城市的人们都开始讨论要不要穿秋裤这个话题了。

　　但是，一旦你进入戈壁后，情况就大不一样了。歌声悠扬，鼓声震天，彩旗飞舞，营房整齐，一派热闹非凡的景象，比三月的春天还要温暖。你满眼所见的，除了戈壁滩的荒凉，就是那一群群熟悉的戈友的身影了。他们个个蒙着魔术头巾，拿着手杖，穿着各种颜色的冲锋衣和徒步鞋，并穿上了企徒体育统一分发的黄色马甲背心。背心上有号牌，号牌分了颜色和战队名称。大家都把脸蒙得严严实实的，尤其是怕紫外线的女人，蒙得只剩下了两只眼睛了，谁也认不清谁。

第一天出发的时候，人很多，很拥挤，大家谁都不在意谁。我排在上千人的队伍中间，当发令枪响起的那一瞬间，年轻的、体力好的都在嗖嗖嗖地往前冲。我夹在中间，属于想快快不起来，想慢也慢不下来的中间梯队。被人群裹挟着，我只好不紧不慢地走。我后面还有一个梯队，就是走得较慢的梯队了。

我们每天都要走完 100 面旗帜，才可以抵达营地休息。那天中午时分，大约走到第 50 面旗，也就是当天的补给站的时候，我和刘丽相遇了，她穿了一套青花瓷水墨画一样的西服。

我感觉她很特别，便走过去跟她坐在一起。我们一边吃着水果，一边相互打招呼。她说她来自重庆，我故意夸张地喊道："我也来自重庆呀！"

"啊？你也来自重庆。"她立即站起来，给我来了一个戈壁式的拥抱。

我问她："你这身衣服很特别哦！走起来方便吗？"

她立刻在我面前转了一圈，然后笑着说："很好呀！我觉得蛮舒服的呀。这不，我还是跟上了大部队的吧？"

我朝她竖起了大拇指，说："你真牛，西装革履来徒步，等会儿我就跟着你走。"

她莞尔一笑，点了点头，表示同意我的请求。

我又补充了一句："刚才，你走在我前面，我就发现你的背影很漂亮。不，你人很漂亮，尤其是你穿上这身服装，就像一朵淡青色的浮云在戈壁上飘逸。"

她回头问我："你是不是又想起了'天青色等烟雨'？"

我朝她笑了笑，感觉眼前这个女人一定不简单，既有故事，又有才气。

02

一路上，她很健谈，什么话都说，显得很开心。不过，我从她的言谈举止间还是感觉到了她话语中所流露出来的一丝淡淡的焦虑。

她说她叫刘丽，做服装定制的。她的性格很开朗，说话像放鞭炮噼里啪啦的。她走路也像在小跑，一副风风火火的男人性格。但她一旦停下脚步，人一下子就安静了很多。她说她虽然是女人，但就是一个男人性格。生活中，不管是她的店员、顾客，还是朋友，无论大小，都亲切地称她为"刘姐"，她让我以后也喊她刘姐。

我开玩笑地问她："你可能还不知道戈友都喊我二哥？我不做大哥好多年了。"

她哈哈大笑了起来。她说："是啊，这年头，做大哥不容易啊，做大姐就更不容易了。我是女人，按照中国的传统，本来就不应该抛头露面为生活到处劳累奔波的。可是，这些年，我硬是把自己活成了一个大哥的形象。唉，有时候啊，我也会在我的微信朋友圈里自嘲：'这些年，本想活成大哥心中的女人，却不料活成了女人心中的大哥啊！'"

我们俩一路走一路聊，渐渐地，我们的话题越来越深入，就像两兄妹一样，回顾了她过去的人生。

她说她出生在重庆北碚的一个小山村，她在兄妹之中排行老五，家中老大是一个哥哥，后面是三个姐姐，她最小。她们家很普通，但又很特别。很普通，是因为跟当年大多数农村家庭一样，日子都过得很清苦。很特别，是因为她本不该是农村的命。她的父亲以前是一所大学的教授，母亲在学校后勤处工作，都是高级知识分子，书香门第。但是，在那一场巨大的社会动荡中，由于父亲的鲁莽，一家人被迫回到农村，过上了农村生活。那种巨大的落差，在她父母的心中就像坐过山车一样，有种翻江倒海的感觉。

她父亲回去的那一年，没有房子居住，奶奶根本就没有预料到儿子会真的被赶回到农村长期居住。所以，就在屋檐下给他们搭建了一个草棚子，她们几姊妹，除了哥哥和大姐，都是在那间四面漏风的草棚子中出生的。

巨大的落差，让她父亲精神上受到了很大的打击。父亲自此经常酗酒，还经常和母亲吵架、打架，家里面经常是鸡犬不宁。但是，她告诉我，她的母亲真的很能干，一个出身高贵的大小姐加文化人，很快接受了现实，安安心心地扎根农村，干起了农活。从担粪种地到生产队挣工分，母亲都是一把好手，完全当一个男劳力。尤其是生产队像上车装货、运砂石等重体力活儿，母亲总是抢在前面。很多时候，母亲还受到各种欺负，甚至被瞧不起。但是，坚强的母亲都咬牙坚持了下来。

她说："那时候，不晓得你知不知道，我们小时候所有的衣服、鞋子等都是母亲干完农活儿，晚上熬夜给我们手工缝制的。有时候，我们一觉醒来，看见母亲还没睡觉，一个人坐在煤油灯下，一针一线地给我们缝衣服。"

我回答说："是的，我们小时候穿的衣服、鞋子，也是母亲手工缝制的。不过，可能不像你母亲那样熬夜缝制。"

她说："后来，由于母亲缝制的衣服和纳的鞋底漂亮，穿上又舒服，村里的人都来找我母亲帮忙了。"

我笑着问她："是不是你母亲就开始承接手工定制服装了？"

她摇了摇头，回答道："不是的。那时候，还没有那么商业化，母亲纯粹是帮忙。那也是母亲从一个文工团的知识分子，回到农村后，第一次得到大多数人的认可。你应该知道，在农村什么人都有，尤其是在一个没有文化又十分闭塞的地方，散布各种闲话，就是家常便饭。一个城里人回到农村，可能比一个农村人进入城市，引起的轰动和各种猜测要大得多。但是，我的母亲真伟大，在那样的恶劣环境下，还能够适应并带领我们一大家人都活了下来。"

我问她："那你现在的服装定制，是不是从小就受了母亲的影响？"

她点了点头，回答道："是的，多多少少脑海里还有母亲当年在煤油灯下缝制衣服的影子。我初中毕业后，因为家境贫寒，加上姊妹多，哥哥又在念中专，家里所有的重担都压在了我母亲一个人的肩上，父亲酗酒，还经常打骂母亲，她们关系非常不好。所以，我就辍学了，我去了甘肃表姐家。"

我问："去你表姐家干什么？"

她回答道："做保姆啊！但是，表姐没有把我当保姆。我那时候也不知道什么是保姆，反正表姐就是喊我过去给她带孩子。现在想来，真可笑，我的角色其实就是保姆。但命运就是这样，我的内心深处却是十分高傲的。因为，我母亲是高级知识分子，她从我小的时候就利用空余时间教我诵读熟记诗词。别看我现在在做生意，是个商人，但我的真实身份还有作家，我还是重庆作协会员。"

我笑了，朝她竖起大拇指，告诉她真的很能干。我说："我确信我没有看走眼。难怪你穿着旗袍来走戈壁，一定是灵魂的高雅，才会有这么高雅的行为。毕竟，旗袍跟戈壁相融合，那得要多么大的勇气啊！"

她没有回答我，而是低头不停地往前走。她不是很高，走起路来就像小跑一样非常吃力。但是，从她的背影看过去，我感觉她的身上总有一股使不完的劲儿和强大的能量场。她说她是一个不服输的人，12岁便去了甘肃，她对戈壁有着十分深厚的感情。她告诉我她在表姐家的时候，经常会一个人骑着自行车去戈壁深处寻找锁阳，挖出来拿到街上去卖，换得几个零花钱用。她曾经一个人在戈壁滩哭泣，那是因为表姐想让她嫁在甘肃，给她介绍了一个跛脚裁缝。她说她伤心极了，自尊心受到了极大的伤害。

她在甘肃待了两年，就打道回府了。在同学的介绍下，她去重庆朝天门批发市场找了一份给人家做服装批发的工作。那是她的第一份工作，干的时间不长，也就50天。她说她还记得第一份工作仅仅干了50天，就因为同学和老板的一场误会便泡汤了。

她开始摆地摊儿，自己去找一些货源来卖。那是她人生第一次做生意，也是她第一次接触到商业的冷暖和残酷。她告诉我："那时候，摆地摊真不容易啊！那时候没有城管，有市场管理，也就是工商经常来撵。我们就像打游击一样，看见戴大盖帽的来了，大家立即开始收摊儿，扛到肩膀上就跑。唉，现在回想起来，都还记忆犹新啊！"

我说："曾经有过那样的经历也好，至少练就了你现在对商业的敏锐度吧？你可能还得感谢那时候撵你的人哦，是他们锤炼了你的商业意志。比如，像我们可能就不行。我们没有受到那样的锻炼，一遇到失败就立即投降了。"

她说可能是吧。她后来发现摆地摊儿实在是不行了，就在解放碑租了一个铺面，搞起了小商品批发。但是，人生的路就是这样，总是弯弯曲曲，爬坡上坎的。没有完全一帆风顺的人生，也没有完全风平浪静的日子。生活，总是在你感到惬意的时候涌起波澜。

刘丽的服装批发生意很好，她的野心就出来了。

她人还年轻，有冲劲儿，能吃苦，再加上她十分不错的销售天分，她用了 6 年的时间积累了自己的第一桶金，于是在 2000 年又开起了自己的建材公司。就在业务越接越多，事业蒸蒸日上的时候，由于轻信了小人之言，投资失误，建材公司一下子遭受重创而破产倒闭了。用她自己的话说，一夜之间"从富小姐又变成了大负婆"。

她不仅亏光了所有的积蓄，还负债近 50 万元。这其中包括她大姐用房子抵押的 4 万元贷款和她二姐的全部积蓄 3 万 6 千元（那时，二姐打工一个月就 300 元），以及她父母辛苦一辈子留下来的 10 万元养老钱！就在这时，她偏偏又发现自己有了身孕！

到了 2002 年初，她已经走投无路了。由于此前接触过几年服装定制行业，她开了第一家定制店，亲自接单，再委托别人加工。边做边疲于应对一个又一个找上门来的债主。到了 7 月，实在承受不了压力的她去引产，未果。当年 10 月 1 日，剖腹产下儿子——红红。8 天后，好友陈新拿了 8000 块钱给她办了出院手续。12 月，第一家制衣店被迫关门。

2003 年初，她又借钱和朋友一起投资女士美容美体馆。6 月，因效益欠佳朋友撤资。8 月，在甘肃好朋友刘姐和陈新的支持下，她开了家小小的制衣店。孩子两岁的时候，丈夫又不幸患病去世，她成了一个单亲妈妈。由于租不起房子，母子俩住在小店后面的厨房里——那是一个不足 10 平方米的房间。9 月的一天，店门口来了辆警车，她被带到法院。4 张拘捕通知书摆在她面前，原来是开建材公司时欠供货商的钱，几家联合告到法院，并要求强制执行！她要么马上还款，要么接受拘留！那时候她已家徒四壁，根本没有办法，于是她给店里打了个电话，告诉她们自己短时间回不去了，请帮忙把儿子照顾好。

之后有一天，孩子差一点被人抢走！在和债主们争夺的过程中，她的头被打破，还缝了 10 针。那年 12 月，她的 SPA 馆也倒闭了。同月底，她列了一份欠债单和一份还款计划：债主 35 位，债务 486 万，还款期限 8~10 年。

她不希望儿子上小学了知道母亲还欠着债。2005 年 6 月，她不得不忍痛将儿子送到甘肃表姐家寄养，开始全力以赴经营自己的定制小店——佳丽西服。此前虽然在销售上积累了一些经验，但是她在专业上依然算是门外汉，这么一个既不专业，又无名气的小店，其经营难度可想而知。

她清晰地记得，2006 年 5 月，一个顾客把一条灰底白碎花兜兜领的裙子劈头盖脸地扔到店里小姐妹小高的头上，咆哮道："马上给我退钱，你们做成这个样子，还敢比名牌？"小高哭着躲进了小房间，吓得不敢出来。她就抱着被惊吓醒的儿子，一边掉泪一边对那个凶巴巴的顾客说："姐，对不起，真对不起！的确是我们没有做好。我现在没有钱，明天退给你可以吗？"

那个客人继续吼道："这怎么可能？你们不想退吗？今天必须给我退！否则，我将你的店门踢了。"

遇到了这样的恶人，她实在没有办法解释，只好让小高去隔壁卖棉絮的梁哥那里借了 500 块钱，才把那个顾客打发走了。

她沉默了一会儿，停下来喝了一口水。

戈壁的太阳异常的大，仿佛就在我们头顶，汗水打湿了脖子和衣袖。

天空没有一丝云彩，也没有风。

听了她的讲述，眼泪一直在我的眼眶里打转。而她却显得格外的坚强。

她咬着牙说："那一整年，我终于熬过去了。虽然顾客退单装满了三个编织袋，但由于不断积累经验教训，同时，我坚持不满意将免费重做并终身修改的承诺，我的小店不仅活了下来，竟还有了一点儿盈余。那一年，我的债主减少了15 位。"

2007 年 8 月，她接回儿子。在机场时，当母子俩再次见面的那一刻，儿子没有喊她妈妈，而是叫她阿姨。

　　她哭了，号啕大哭。她作为母亲的那种痛和委屈，一下子全都流露出来了。她说："在生意上，受了那么多的委屈，我都没有流过泪。但就在儿子喊我阿姨的那一瞬间，我彻底伤心了。也就是在那一刻，我发誓要加倍努力，做好我的事业，不让儿子再离开我半步。

　　"儿子回来后，我把他送进店铺后面的幼儿园。有一天，幼儿园的阿姨没有把退烧药泰诺收好，我儿子把一整瓶药都喝下去了。

　　"那天，我如五雷轰顶，差点儿崩溃。小孩子一次只能喝 5 毫升的药，他却喝了 100 毫升。我发疯一样地抱着儿子，奔向大街拦车。我给路过的车辆下跪，求他们帮忙送一送孩子去医院抢救。我真的是吓惨了！不过，后来还好，送医及时，孩子洗胃过后就没事儿了。后来，我就让儿子退学了，让他在店里 24 小时和我待在一起。小家伙看到顾客就说'欢迎光临，阿姨，我们这里是量身定做'。这一年，我的债主又减少了 7 位。"

　　2008 年初，儿子进了西南大学幼儿园。这一年，她租了一个套三的房，开了第一个加工房。孩子高兴地说："妈妈！我们再也不用住厨房了。"这一年，生意有了明显的好转，老顾客也多了起来。她开始规划经营自己的旗袍品牌了。

随着经营时间的延长，她逐渐意识到自己的专业知识还不足。2008年开春之际，经过一番寻访，她拜在著名的色彩专家胡容门下，一对一地系统学习色彩和风格。接着她又去上海参观了多家有名的"红帮裁缝"的高级服装定制店。回来后，她的整体设计和工艺水准都有了较大的提高，店里的营业额也开始直线上涨。

03

行走中的人，既要看到远处的山水，也要看见脚下的路。

刘丽说，在她经商的过程中，也会经常转换思维模式，不停地变换自己的角色。

"把自己当别人，把别人当自己，把别人当别人，把自己当自己。"这是四个维度，更是四种不同的做人境界。她在经营服装定制的这二十多年里，仿佛一直在禅修。以前她很迷茫，眼前总是云遮雾绕。最近几年，她把很多事情都想通了，也看清了，所以，她很自信。

她的几百万元债务，完全凭借她坚韧的毅力和对客户的忠诚，在短短十年内全部还清了。

客户觉得她是一个坚守诺言的人，我觉得她是一个对人生负责任的人。

每一个人的付出皆有回报。她付出了很多，今天的她正在接受回报。她的服装定制事业正如日中天。

我问她为什么来戈壁徒步，她的回答很特别。她说她是在给一个老客户支持众筹的时候，才看见徒步这个项目的，她毫不犹豫地报了名，开始众筹。

她说："人生就像一部电影，但人生根本就不是电影，人生比电影复杂多了。如果你不出去走一走、看一看，你就会一直以为你现在的生活就是你想要的生活。"

这时，戈壁起风了，卷起漫天黄沙。

夕阳西下，人在天涯，一种强烈的孤独感袭来。

我们这才发现，一路上行走的人也渐行渐远了，只有我们俩还在踽踽而行。

我们都走累了，便停下来歇息一会儿。

我望着她，一言不发，仿佛眼前的她刚刚蹚过一条大河，眼下正在穿越戈壁。

戈壁是冰冷的，苍凉的。

戈壁更加无情，就像生活。

人到中年，真的很不容易，但你只能像徒步这样，一步一步地去走，不能停留，也不能回头。生活中根本就没有童话，只有小孩子才会相信有骑士会来救公主，但中年人早就知道：生活的每一道难关，唯有自渡。

所谓自渡，就是自我救赎。所谓自我救赎，就是咬紧牙关，闯过一道道恶水险山。

只有闯过了恶水险山，忙得天昏地暗，忙得忘记了吃饭，忙得忘记了哭过后，你才可以放胆到处去走一走、看一看，然后，嬉笑着面对人生。

人生，本来就该这样。